[俄] 丘特切夫　著　朱宪生　译

丘特切夫诗全集

Фёдор Иванович Тютчев

上海人民出版社

丘特切夫（1803—1873）

高莽 绘

目　录

大自然，这个斯芬克斯……

——新版序

　　最近，在因众所周知的原因长期宅家的日子里，脑子里总是浮现出丘特切夫的这几行诗句：

　　　　大自然——这个斯芬克斯，

　　　　总爱用自己的考验把人折磨……

如今，就有一个"斯芬克斯之谜"在困扰着人类。而当今的人们远没有当年的俄狄浦斯那么幸运，一句"是人啊！"便让狮身人面的妖孽葬身大海。不过，也许是偶然，也许又是必然，正当人们在大自然的"深渊"面前"惊慌失措"（丘特切夫语）的非常时期，我二十多年前出版的《丘特切夫诗全集》（漓江出版社 1998 年版）又一次遇到了新的"知音"。这还得从我的一次讲座说起……

　　去年年底，我应邀到杨浦区新落成的图书馆作了一场有关俄罗斯的讲座——《战斗的民族　诗意的民族》。讲座结束后，照例是听众提问的时间。应该说，这次讲座并非纯学术性的，但听众的提问却是专业的。有些问题，其敏锐和深刻令我惊叹。正所谓"高手在民间"。一位听众要我对自己的学术工作和翻译工做一个总结，记得我当时讲了两点：一是作为学术主持人和主要译者，编辑出版了我国第一部《屠格涅夫全集》，当年有评论说是实现了鲁迅先生的"遗愿"。屠格涅夫是对中国现代文学影响最大的外国作家之一，对此很少有人持有异议。鲁迅先生当年说过这样的话："屠介涅夫译得最多，可惜没有全集。"二是作为译者，首次把《丘特切夫诗全集》呈现在中国读者面前，在某种意义上实现了瞿秋白先生的心愿。瞿秋白先生早年赴俄考察，曾为丘特切夫"奇绝"的天才所惊叹。作为革命家的瞿秋白，在繁忙的考察活动中，禁不住对丘特切夫诗才的迷恋，还翻译了诗人的两首名作，并专门撰文向中国读者介绍丘特切夫。说者无意，听者有心，我没有料到台下就坐有"慧眼识珠"的高人。

讲座结束后不到一星期，上海人民出版社的编辑打来电话，开口就说，他们希望重新出版《丘特切夫诗全集》……我后来才知道，编辑自己和他的同事都是丘特切夫的"粉丝"。

我开始译丘特切夫，是四十多年前在今年陷入"斯芬克斯之谜"的武汉。当时在做研究生，研究和翻译屠格涅夫，因翻译屠格涅夫的评论文章《略谈丘特切夫的诗》一文而迷上了丘特切夫，这以后便乐此不疲。后来去莫斯科留学，专攻屠格涅夫，但心中对丘特切夫却一直放不下来。除了关注屠格涅夫的研究状况外，我收集最多的就是丘特切夫的有关材料。当时中国和苏联的关系还没有正常化，留学生外出还不是很方便，但我还是千方百计想办法造访了丘特切夫的故乡。当我面对俄罗斯中部那一望无际的白桦林时，常常会突发奇想，总觉得其中肯定藏有丘特切夫的诗魂……

后来我来到上海工作，至今已经二十多年了。上海是个现代化的国际大都市，经济发达，商业繁荣，但我总感觉到这里并非诗歌的圣地。而我曾经学习和工作多年的"惟楚有才"的武汉和湖北，才是中国的"诗歌之乡"。且不说古代的屈原等杰出诗人，仅凭现当代的闻一多、徐迟、曾卓、绿原等一连串闪亮的名字，就能够让中国诗坛生辉。谈到丘特切夫，我想特别提一下诗人曾卓。他那本薄薄的诗集《悬崖边的树》轰动一时，颇像当年丘特切夫也是薄薄的"寄自德国的诗"风靡一时，以致让普希金把它藏在胸前达一星期之久，并且逢人就拿出来赞赏。就诗风而言，我以为曾卓的诗颇有些丘特切夫的意味。我曾请我的同学——同样也是诗人的曾卓的女儿萌萌把丘特切夫的诗歌译稿带给她父亲指正。诗稿拿回来后，我发现曾卓在上面做了不少记号，还有一些打了圆圈。看得出来，这些是他欣赏的篇章。在《要沉默》

《最后的爱情》等诗上画圈，我不奇怪，因为那些确实是丘特切夫的代表作。但在《"在高大的人类之树上"》打上粗圆圈，我当时还不十分理解。自然，这也是一首佳作，但在关注度上不如上面提到的几首。它是写歌德之死的。歌德是在躺椅上安详离世的，丘特切夫写道："就像一朵花，你自己从花环上脱落！"确实是精妙之笔。在诗人去世前不久，我刚好到武汉，萌萌带我去看她父亲。此时患病的曾卓满面潮红，显然是在低烧中。见我们进来，他用浓重的武汉口音连声说"记得、记得"，然后又一直不停地喃喃自语……萌萌说他是在念诗，很难平静下来。我突然明白，像歌德那样平和的仙逝，不是每个人都能享有的，是诗人所期羡的一种境界。曾卓有一首诗令人难忘：

　　我愿意给你一切——

　　只要你要，

　　只要我有。

《有赠》

　　丘特切夫也有这样一首诗：

　　这里，有颗心本可以忘记一切，

　　那样，也就会忘了所有的痛苦，

但除非在那儿——在故土——

能够少去那一座坟墓……

《"北风静息了"》(1864)

这简直是出自同一手笔！我清楚地记得，当年我译丘特切夫这首诗时，曾卓的诗就在我的脑海中不停地跳跃……

说到"诗人之死"，我不得不提一下俄罗斯诗人。普希金和莱蒙托夫都是在决斗中死去，柯尔卓夫死于饥寒，叶赛宁、马雅可夫斯基都死于自杀。他们都死于灿烂的年华。丘特切夫虽过"古稀之年"，但也没有享受到他笔下的歌德的命运。不过，他死前给妻子留下的一首诗的"遗嘱"，也不失诗人的本色：

惩罚人的上帝在我这儿夺走了一切；

健康、意志力、梦和空气，

为了还能够向他祈祷，

他在我身边只留下了你。

《"惩罚人的上帝……"》(1873)

同时，我还不得不说一下武汉和湖北的诗人。屈原的"纵身一跳"，让世人铭记至今。那颗射向普希金的"罪恶的子弹"也飞进了闻一多的胸膛。而徐迟以八十二岁的高龄追随列夫·托尔斯泰而去的"飞跃",更是让人震惊不已。我至今还清楚地记得：一次陪同他去见章开沅校长，校长对他说，您应该写一下我们中国的大学校长。徐迟没有作声，只是深思着点了点头。我总觉得，武汉和湖北的"诗人之死"隐含某种悲壮色彩和悲剧意义，莫非斯芬克斯早就盯上了这块土地？

作为哲学家诗人，丘特切夫抒写的是自然与爱情。他的诗，也许是过于高雅，也许是过于深刻，从未获得更为广泛的读者。无怪勃留索夫说，对于普通读者，丘特切夫是"高深莫测"的。但文学大师们对他都赞不绝口。列夫·托尔斯泰说："没有丘特切夫我便不能活。"屠格涅夫说："谁不能欣赏丘特切夫就不懂诗。"列宁也十分喜爱丘特切夫，在被流放在西伯利亚的日子里，随身的小皮箱里总少不了丘特切夫的诗集。普希金的诗，既高雅又通俗，他经常把自己的诗念给大街上的小贩大妈听，看他们是否能懂。他是个职业作家，为事业也为生计，他必须一直不断地写作，甚至有时候还要被迫出卖手稿。丘特切夫则不然，他是外交官和"业余诗人"。他写诗不是为了要发表，而是为了抒发自己对大自然和爱情的思考，作为诗人，他的目的更为纯粹，更为接近诗的本质。丘特切夫在德国曾经与海涅结为至交，还把多首海涅的诗译成了俄文，海涅至死都不知道他的这位俄罗斯挚友是诗人，更不会想到日后他还会名扬天下……

丘特切夫的自然诗深刻地探讨了人和自然的关系，一方面对大自然母亲表达了敬畏之情，另一方面对人类的种种非理性的行径作出了警示：

> 不，大地母亲啊，我无法
> 掩饰我对你深深的仰慕！
> 我是你忠实的儿子，
> 不渴求那空幻的精神享乐。
>
> 《"不，大地母亲啊……"》（1836）

然而长期以来特别是20世纪以来，人类却越来越狂妄自大、自以为是，为了满足自己日益膨胀的欲望，甚至对大自然强取豪夺，违背了天理人常，遭到大自然的报复。这种报复，按照丘特切夫的说法，除了层出不穷的"斯芬克斯之谜"考验人类外，大自然一如既往地用它那无底的"深渊"，悄无声息地把那些做着一些看似惊天动地、实则是"徒劳之举"的人类逐次轮番地"吞没"。

如果说丘特切夫的自然诗在诗坛是独树一帜、独步一时，那么他的爱情诗则可以说是"前不见古人，后不见来者"。他抒写爱情的魅力，揭示爱情的秘密。他的爱情诗，既是爱的颂歌，又是爱的挽曲。这里就不说那让人荡气回肠的"杰尼西耶娃组诗"了，就是下面这首爱情诗小品，就足够令人神往、遐想联翩：

我的朋友，我爱你的明眸，

当你忽然把它们扬起，

闪耀着热烈而奇异的光辉，

像空中的闪电一样，

急速地打量着周围……

可这样的眼睛却更有魅力：

在那热烈的拥吻瞬息，

当它们垂得低低，

透过那低垂的睫毛，

淡淡含愁的希望之火在战栗……

《"我的朋友，我爱你的明眸"》（1836）

"巧笑倩兮，美目盼兮"。古今中外，有多少诗人写过美目。可什么样的眼睛最美，从来就没有标准答案。普希金也抒写过各种美目，这方面他是真正的高手。一位俄罗斯诗人戏言，丘特切夫这是在与普希金"较劲"，看谁笔下的眼睛最美。

在纪念丘特切夫诞辰二百周年的时候，也许是因为诗人曾经是外交官的缘故，俄罗斯现任外交部长拉夫罗夫亲自担任筹备委员会主席。也许是出于对丘特切夫的崇敬，也许是他自己对诗歌的热爱，拉夫罗夫也写诗。在一首诗中他

"语出惊人"，说在俄罗斯的关键时刻，是"普希金、丘特切夫拯救了俄罗斯"。照我的理解，拉夫罗夫指的是俄罗斯的"软实力"即文化力量的强大。因为在苏联解体后，俄罗斯在各个方面都呈下降趋势。但在苏联解体后不久的1993年，联合国教科文组织宣布丘特切夫为新的"世界文化名人"，作为俄罗斯古典诗人的丘特切夫在现代欧洲和世界获得了巨大的荣誉，产生了深刻的影响，极大地提升了俄罗斯的民族自信心。而诗人的这首诗甚至成为西方世界打开俄罗斯神秘之门的"钥匙"：

凭理智不能理解俄罗斯，

用普通的尺度无法测量俄罗斯，

俄罗斯有她特殊的性格——

对俄罗斯只能够相信。

《"凭理智不能理解俄罗斯"》（1866）

最后，我还要提及一件事：早在二十多年前，高莽先生曾十分关注我对丘特切夫的翻译和研究，在给我的信中不止一次地说过："你做了一件大事。"并为这部《丘特切夫诗全集》作了多幅插图，其中包括多幅丘特切夫的肖像，还有一幅用国画的形式创作的杰尼西耶娃的彩色肖像画。可惜的是，当年的版本中只用了一幅丘特切夫的肖像画，而杰尼西

耶娃的那幅已经无从查找了。这次重版，我向编辑建议用他
画的丘特切夫肖像作为扉页，向他的在天之灵致敬。

译　者

2020 年 4 月 15 日于上海

俄罗斯心中不会把你遗忘

——《丘特切夫诗全集》译序

对于我国读者而言，俄罗斯诗人费奥多尔·伊凡诺维奇·丘特切夫（1803—1873）的姓名也许还是比较陌生的。不过，作为一名杰出的抒情大师，人们也并非完全没有接触过他的作品，如经常在我国荧屏上出现的经典名歌《春潮》（由著名俄罗斯音乐家拉赫玛尼诺夫谱曲）便出自他的笔下。

在 19 世纪的俄罗斯诗人中，丘特切夫的诗歌遗产也许是最少的：包括译诗在内，总共不过 300 多首短诗，连一部长诗也没有，《丘特切夫诗全集》也不过是一本薄薄的书。然而在诗歌王国中，历史老人是不会仅以数量论英雄的。还是在 1883 年，当诗人的全集重又出版时，费特曾写下这两行颇为有名的诗句：

就是这本不大的小书，

分量要胜过浩繁的卷帙。

丘特切夫当年所获得的文学声望和他在现当代产生的越来越深刻的影响，以及在1993年联合国教科文组织授予他以"世界文化名人"的殊荣，便是历史老人公正和严格的明证。

丘特切夫的文学命运是颇为独特的。他自幼对诗歌表现出浓厚的兴趣，显露出非凡的才华，但似乎未有过要成为诗人的梦想。从青年时代起一直到中年他都作为外交官长年侨居在异国（特别是德国），与俄罗斯诗歌界几乎没有任何直接交往。他写诗只因为要抒发自己的内心感受和对生活、自然的思考，并非刻意去追求诗人的桂冠。是普希金发现了他的天才。据说普希金一次偶然间读到他的一些诗稿，便禁不住自己的"狂喜"，竟把这些稿笺藏在身上达一星期之久，后来便在"寄自德国的诗"的标题下把它们发表在《现代人》杂志上（署名为"Ф.T."），引起诗歌界的高度评价。可是无论是在俄罗斯还是在他所居住的德国，人们都不知道他是一位诗人，尽管他的作品已得到他的同胞的赞赏，尽管这时他与德国诗人海涅和哲学家谢林已成为至交。他回到祖国，已过"不惑之年"，经过短暂的沉寂，他的创作进入高峰时期，在诗坛产生强烈影响。但他似乎不太理会和追求文学的声誉，甚至连他的第一部诗集也是别人编选出版的。在以后的岁月中他仍和以往一样，写得不多，但一定得是非写不可才写，就这样一直到逝世。

他的诗，也许是因为过于雅致，或者是因为过于深刻，在当年始终未获得更为广泛的读者；但文学巨匠都对他的诗才赞叹不已：涅克拉索夫说他拥有第一流诗人的才华；屠格涅夫说谁不能欣赏丘特切夫就不懂诗；还有那位十分严格和挑剔的列夫·托尔斯泰，竟说出"没有丘特切夫我便不能活"的话来。列宁也十分喜爱丘特切夫，即使在最艰难的岁月，在他随身所带的有限的书籍中，也总是少不了丘特切夫的诗集。

也许和他最有缘分的还是普希金。且不说要不是这位"伯乐"的发现，也许他就永远不会出现在俄罗斯诗人的行列中，也许今天我们人类就失去了这样一位杰出的诗人；就是在今天，他的名字仍紧紧地与普希金的名字联系在一起。在隆重纪念普希金逝世150周年的日子里，笔者有幸在苏联亲眼目睹这样的事实：不管是在电视或广播中，还是在报刊或街头纪念画栏上，到处都能听到或看到丘特切夫的这两行诗句：

就像铭记自己的初恋一样，

俄罗斯心中不会把你遗忘！

一百多年以来，纪念普希金的诗篇数以万计，其中也不乏优秀之作，但今天人们都不约而同地选择了丘特切夫的诗，这本身就是意味深长的。

如今，丘特切夫已经走向了世界。他为伟大的 19 世纪俄罗斯文学和诗歌进一步赢得了世界性声誉。他的诗，以其对自然世界和人类的感情世界的独到而深刻的表现在当代世界读者的心中引起强烈共鸣；他的渗透着哲理的具有某种"超前性"的"诗歌话语"，不再像 19 世纪那样只是被少数读者和文学大师们领悟和欣赏，而在当代世界读者中获得了普遍的理解和认同；他的高超的诗歌艺术和精美的诗歌形式不仅拓宽和深化了当代世界读者对古典诗歌的艺术宝库的发现和认识，而且进一步为当代诗歌创作提供养料；此外，他的成功之路，打破了"职业诗人"和"业余诗人"的界限，甚至也打破了"古典"和"现代"的界限，使诗歌的意义更为"归真返璞"，使诗歌这个文学王国的骄子走近了普通的人们，从而使诗歌获得了更为普遍的意义。

丘特切夫是一个远离俄罗斯政治旋涡的诗人，但他又绝非一个没有自己政治观点和思想见解的诗人。一般说来，作为一个诗人，他无意用自己的作品来表露自己的政治见解；可同样作为一个诗人，他也无法制止自己的某些带有社会倾向性的思想在作品中的自然流露。如果一定要从思想立场的角度来界定丘特切夫其人，我们大致可以作出这样的评定：他首先是一个爱国主义者，他的诗歌就是明证；其次是一个斯拉夫主义者，他的某些诗作和一些政论文也是明证。他热爱俄罗斯祖国，对她美好的前途充满希望，对她的苦难的现实又深怀忧虑和不满。但他的泛斯拉夫主义观点又妨碍他正确认识和评价欧洲革命，对改变俄罗斯落后的现状的手段和途径也无明确和正确的主张。不过作为诗人，丘特切夫与作为爱国主义者的丘特切夫是基本一致的，这在他的有关俄罗斯祖国的诗篇中就可以看得很清楚。而作为诗人，也许是因为与自然和生活的联系的紧密，丘特切夫却是与作为斯拉夫主义者的自己不无矛盾。屠格涅夫就说过："他是个斯拉夫主义者，但不是在他的诗中；而那些使他表现为斯拉夫主义者的诗，也都是一些很糟的诗。"此外，他还是一个具有较浓厚宗教思想的人；这是与他的斯拉夫主义相关联的，而且，他的宗教情绪，较之于他的斯拉夫主义的信条，甚至在他的诗中表现得还要突出一些，这显然是由他的诗人的情怀和气质所决定的。

还是让我们来看一看他的一些思想印记较浓的诗作吧，这些作品虽很难被称为所谓"政治抒情诗"，但毕竟也表现了他的一些主要的思想倾向：

> 不要去谈论什么，不要这样匆匆忙忙，
> 疯狂在四处寻觅，愚笨坐在审判台上，
> 白天的创伤夜间用梦去医治，
> 而那就要到来的明天又会是怎样？

活下去，就会感受一切：

忧愁、快乐和恐慌。

怜惜什么？又有什么值得悲伤？

日子一天天过着——得感谢上苍！

《"不要去谈论什么……"》(1850)

作品把当时一部分俄罗斯知识分子的苦闷和无可奈何的心境表现得十分真实，而"白天的创伤夜间用梦去医治"和另一首诗《要沉默》中的"说出来的思想都是虚假的"一样，都是不可多得的佳句，尽管它们给人的是一种寒至心底、凉透背脊的感觉，但从诗歌的表现力的角度看，你不能不承认，在俄罗斯诗歌中是很难找到如此沉重有力的诗句的。

1855 年，沙皇尼古拉死了，丘特切夫为他写了一首诗：

你不曾为上帝和俄罗斯服务过，

你只是为了你自己的虚荣，

你的全部作为，无论是恶行还是善事，

全都是谎言，全都是装腔作势，

你不是一个君王，而是一个戏子。

《给尼古拉一世的墓志铭》

应该说，丘特切夫对沙皇的态度还是很鲜明的，他虽没有正面地抨击和揭露沙皇的种种罪行，但把沙皇比作一个戏子，其讽刺的力量并不亚于其他形式的揭露。

对于俄罗斯祖国，诗人是满怀深情的，这在不少诗作中都有鲜明的表现，如著名的《"这些穷困的村庄"》(1855)：

这些穷困的村庄，
这贫瘠的自然，
长期忍辱负重的故土，
你，俄罗斯人民的家园！

异族人骄傲的目光
怎能理解、怎能发现
在你赤裸的身上，
隐隐地闪耀着光焰。

祖国啊，在你的大地上，
背负着十字架的上帝，
作为一个奴隶四处走遍，
他祝福你每一寸土地。

作品的头一节四行诗令人想起后来涅克拉索夫咏叹俄罗斯的

诗句，自然，最后四行诗也透露出诗人的宗教情绪，但总体说来，作品仍不失为一首忧愤之作。但我们要注意到，对祖国命运的关注与带有宗教色彩的愿望的交织，恰恰是丘特切夫"思想倾向性"较强的作品的特点，如果不是这样，那我们面前的这位诗人便不是丘特切夫了。

最后还应该指出，丘特切夫的思想是比较复杂、充满矛盾的。青年时代他接触过进步文学运动，还写过《和普希金的〈自由颂〉》，赞扬普希金的自由精神。但他后来渐趋保守，既对沙皇的专制政权不满，又认为十二月党人的起义是过激行动。这两方面都是他后来接受斯拉夫主义的重要原因。但他又长年在西欧侨居，不可能不受到西方思潮的影响，所以，他并非一个完全的斯拉夫派，"他的真正本质是西欧派"（屠格涅夫语）。例如，他与思想激进的海涅交往甚笃，海涅还称他为自己的挚友，这之中不可能没有思想上的共鸣。再如他对启蒙思想十分鲜明的诗人歌德十分尊崇，其中也不可能没有思想上的缘由。但丘特切夫无论是作为表面上的斯拉夫派，还是作为骨子里的西欧派，终究没有（也不可能）走向民主主义派，这是由他的出身、教养和地位所决定的。今天对我们来说最重要的，是他作为一位杰出的诗人，作为一位抒情大师，以他的虽为数不多但几乎都可以称为精品的诗歌遗产记录下的那个时代和那个社会知识阶层的心理历程，是他的诗歌给我们带来的审美享受，是他的独具一格和不朽的诗歌艺术。

作为俄罗斯哲理诗歌的代表人物，丘特切夫歌咏的主题是自然和爱情。

丘特切夫描绘大自然的诗是十分出色的。这些作品，有的以形象鲜明引人注目，有的以比喻新奇令人叫绝，有的则以意境真切使人留连，像脍炙人口的《春天的雷雨》《春潮》《"流沙淹没了膝盖……"》《"难怪冬天会怒容满面"》《"白昼的暑气还没有消退"》《"早秋的日子里"》等，都是俄罗斯自然诗中的精品。不过，丘特切夫的自然诗更主要的特色，恐怕还在于其中渗透着思想和哲理。

丘特切夫笔下的大自然，不是一个僵死的存在，而是一个充满活力的生命：

> 大自然不像你们想象的那样：
> 它不是一个没有灵魂的模型——
> 它也有心灵，它也有自由，
> 它也有语言，它也有爱情……
>
> 《"大自然不像你们想象的那样"》（1836）

在丘特切夫描绘大自然的诗篇中，充溢着诗人对生活的赞美和热爱。他歌唱过那"滚滚而来的五月的雷雨"，吟诵过夏日宁静的夜晚，描绘过山峦上的皑皑白雪，捕捉过秋日"短暂而美妙的时光"。在《"不，大地母亲啊……"》（1836）一诗中，我们听到了诗人发自心底的倾诉：

> 不，大地母亲啊，我无法
> 掩饰我对你的深深的仰慕！
> 我是你的忠实的儿子，
> 不渴求那空幻的精神享乐。

但丘特切夫的描写并没有停留在大自然的活力和生命上，他在描绘太阳的呼吸、波浪的喧闹和树林的絮语的同时，又深入到这个活生生的大自然之中，去揭示它内部的运动和斗争。在丘特切夫看来，大自然深处存在着一种能够吞没一切的力量，他在自己的诗中常常把这种力量称为"混沌"或"深渊"。它是神秘的、不可捉摸的，拥有无比的威力。整个外部世界的一切，甚至包括生命有限的人，都仿佛是这个"混沌"或"深渊"所泛起的波涛的"拍溅声"。

一方面是对大自然的美妙的活力的赞颂，对生活的热爱；另一方面是对大自然神秘力量的疑惑和恐惧。由此便形成了丘特切夫的大自然交响曲的二部和声。诗人面对着永恒无限的大自然，竟发出了这样的感叹：

> 大自然——这个斯芬克斯，
>
> 总爱用自己的考验把人折磨……

由对这个神秘的"斯芬克斯"不理解而产生疑惑，又由疑惑产生恐惧。这种恐惧之声常常在诗人咏叹"夜"的作品中流露出来，无怪有人把丘特切夫称为"夜的诗人"：

> 而当白昼渐渐暗淡——
>
> 黑夜就开始到来，
>
> 它来自那命定不幸的世界，
>
> 它把这美好锦缎撕下、抛开……
>
> 无底的深渊在我们面前
>
> 袒露出它的恐怖和黑暗。
>
> 而我们和它之间没有任何遮拦——
>
> 于是我们就这样害怕夜晚！
>
> 《白昼和黑夜》(1839)

在《"神圣的夜从天边升起"》一诗中，诗人再一次描写了这个"深渊"，并在比照中写出了人的"像无家可归的孤儿"的处境。在《"午夜的大风啊……"》(1836)一诗中，更明显地表现出那种担忧和恐惧的心理。诗人面对着午夜的大风呼唤：

啊，不要唤醒沉睡的风暴——

要知道它下面蠕动着一片混沌！

不过，在今天看来，丘特切夫当年发出的"大自然——这个斯芬克斯"的精辟的警句，包含有对于人类的某种告诫，一百多年以来，诚如诗人断言的，人类在和大自然打交道时确实遭到大自然这个"斯芬克斯"的种种折磨和报复。

由此我们可以见到，丘特切夫对大自然的沉思中渗透着哲理。诗人的思考不仅立足于大自然外在的形象和色彩之上，更主要的是建立在大自然无比强大的内部力量之上。大自然在诗人的笔下神奇化了，同时也神秘化了。它不仅如此美妙动人，而且威力无比，甚至威胁和压迫着人。这种思考中显然有泛神论的影响。在丘特切夫的创作中，特别是在他的早期创作中，诗人对自然的崇尚和赞美之情是十分明显的。他把春天的雷雨喻为女神的笑声和洒泼下来的美酒，把夏日炎热的令人倦怠的正午说成是牧神在打盹，视月亮为辉煌的上帝。问题还不在于诗人总是喜欢把自然现象与神灵相联系，而在于他把自然和神融为一体，以奔放的热情去讴歌自然的神奇和伟力。在1838年创作的《春天》一诗中，诗人以明快的调子描写了春天蓬勃的生机：

玫瑰不为过去叹息悲伤，

夜莺到晚上就开始歌唱，

阿芙乐尔芬芳的泪水

从不为过去的日子流淌。

下面，我们听到了诗人充满激情和富于哲理的概括：

生命的欢乐和牺牲如此普在！

来吧，乐观而又自信的生命，

快抛却那感情的欺骗和捉弄，

快投入生气勃勃的大海之中，

让它那轻盈的水流

洗涤饱经忧患的心胸——

既然这世间的每一瞬息，

对所有生命都一样公平！

可是，另一种音调也同时在丘特切夫的诗中响彻着，并且随着时序的推移，逐渐成为他后期创作的主旋律。这是一种哀婉的、悲戚的旋律。在丘特切夫看来，大自然是强大的、永恒的，而个人的生命是弱小的、短暂的。人的有限的生命在无限的大自然面前只不过是昙花一现。换句话说，个人在大自然这个上帝面前是微不足道的，他注定要受到不可抗拒的大自然力量的摆布和捉弄。咏叹这个主题的诗篇很多，不胜枚举。其实，说个人的生命在永恒的大自然面前是短暂的，那原本也是不错的，丘特切夫表现这一主题的诗篇无疑也具有某种真实和真理（顺便说说，与之相差无几的见解也表现在屠格涅夫等作家的创作中）。但问题在于对待生命的态度，在于对于人的创造力的认识。我们在那些直接抒写大自然的诗篇中，譬如在上面提到的那首《春天》中，确也看到诗人对生活和生命积极和乐观的态度。但当诗人把个人摆到大自然面前时，那奔放的热烈之声常常被另一种声音代替，这声音是悲凉的，充满一种无可奈何的失落感：

> 一切都消失殆尽，连痕迹都没有！
> 有我还是无我——哪儿又会需要什么？
>
> 《"伴我多年的兄长"》（1870）

而在写于逝世前两年的诗作《"这里，曾经有过沸腾的生命"》（1871）中更是弥漫着一种宿命之音：

> 大自然一点儿也不知道以往，
> 全不察我们那幻影一般的时光，
> 在它面前，我们模糊地意识到，
> 我们自己——只是它的幻象。

它用吞没一切、使人安宁的深渊

把它自己所有的孩子们——

那些做着徒劳功勋的孩子们

一视同仁、逐次轮流地迎接。

这里面，既有暮年的伤感情怀的宣泄，又有由泛神论（质言之，是诗人的自然观）诱发出的绝望。自然，其中也少不了诗人的社会观的影响。

丘特切夫还常常把大自然的运动与人的精神活动相联系、相对照，并在其中寄托他的思考。他的一些作品，有时初看起来是在写大自然，实则是在写人的思想和心理活动的方式和形态。这首先是诗人对大自然敏锐细致的观察和对人的心灵运动有深刻的感悟的结果。以往浪漫主义诗人也常常把对大自然的描写与对人的内心世界的表现结合起来，但在浪漫主义诗人的笔下，大自然更多的是人的情感的寄托物，而像丘特切夫这样把大自然和人的精神世界比照着加以描绘的却极少见。例如，在茹科夫斯基和普希金的笔下，"波浪"和"喷泉"就是自然界中的"波浪"和"喷泉"，无论诗人怎样去描写或表现它们，或直接描绘它们，或寄情于它们，或赋予它们以某种隐喻和象征的意义，不管怎样，它们终究是一种自然现象。可在丘特切夫那儿就不同了：

思想连着思想，波浪连着波浪，

两种不同表现，同一自然力量：

一个在有限的心胸，一个在无边的海洋，

这里——闭塞狭窄，那儿——广阔宽敞——

同样是永久的汹涌和平息，

同样是空虚的不安的幻象！

《波浪和思想》（1851）

再如《喷泉》（1836）一诗，诗人开始描绘喷泉升腾的情景，写它的闪光，写它"像五彩的尘埃一样"向大地"洒落"。这一切都是在写大自然中的喷泉。你读着，揣摩着，以为诗人（像浪漫主义诗人那样）要么会进一步描写下去，要么就要发议论了，可你没有想到，诗人突然笔锋一转，又写到另一种"喷泉"：

人的命定的思想的喷泉啊，

你无穷无尽，永不枯竭！

是什么样的不可解的法则

使你奔涌，使你飞旋？

你多么渴望冲向高天！……

可一只无形的宿命的巨手，

却突然折断你执著的光芒，

把你从高处打成水沫洒落。

诗人没有做任何直接的议论，然而在大自然的"喷泉"和人的思想的"喷泉"的比照中又包含多少议论啊！列夫·托尔斯泰尤为欣赏丘特切夫的这一类作品，而在诗人描写大自然的诗作中，这首诗颇有代表性。无怪托尔斯泰读了这首诗后，在这首诗的旁边写了一个大写的"K"，意即"深刻"。并且还多次把这种把握和表现自然现象的方式称为"丘特切夫式的风格"。

丘特切夫创作中的这一特点与谢林哲学有密切关系。诗人在德国生活期间，曾与这位哲学家结为至交，常常与他讨论一些哲学问题，丘特切夫的一些富于思想的见解曾引起谢林的高度重视。自然，他也受到谢林哲学的深刻影响。我们甚至能够在丘特切夫的一些作品中，找得到他直接从谢林哲学中借用过来的哲学术语。谢林的核心理论是所谓"同一哲学"。这一学说认为存在和思维、物质和精神、客体和主体是绝对同一的，是万物的始原。在这种"绝对同一"中不存在任何运动和变化的因素。谢林把宇宙精神的发展过程视为自然界本身的发展过程，认为自然界的历史就是精神的历史。我们看到，在丘特切夫的创作中也常常出现这种谢林式的表述。他反复描写的"混沌"或"深渊"，与谢林的"绝对同一"有着内在的联系，包含着自然的、精神的乃至社会方面的内容。他笔下常常出现的那种"没有任何声息、色彩"的描述(《归途中》),也就是这种"绝对同一"。"一切在我心中,我在一切之中"(《"灰蓝色的影子已混杂不清"》)则是这种"绝对同一"的另一角度的表述。至于他的诗中出现的大量的自然界和人的心灵世界的对照和类比,更能说明谢林哲学对他的创作的潜移默化的影响。然而,这种影响不管怎样深刻,丘特切夫毕竟首先是一位诗人,他对自然和生活的深厚感受和体验是他创作的基础。他的构思,也许起于某一思想,但这思想不是从谢林哲学中移植过来的,而一定是从他的感受和体验中提炼出来的。在这个过程中,谢林的某些思想可能起了某种催化剂的作用,但他的诗歌绝不是谢林思想的图解或诠释。关于这一点,屠格涅夫有过精辟的阐述:"如果我们没有弄错的话,他的每一首诗都始于思想,而这思想就仿佛火星一样,在深厚的感情和强烈的印象的作用下突然燃烧起来。由于这,如果可以这样说的话,丘特切夫先生自己的作品的思想无论何时对读者说来也不是赤裸的抽象的,而总是与从精神世界或自然世界中捕捉到的形象融汇在一起,总是被它充满着并且总是牢不可分地渗进它里面。"

　　爱情诗在丘特切夫的创作中占很大的比例和独特的位置。
　　如果说丘特切夫对大自然所进行的哲学的沉思在诗歌史上还只是独步一时、独树一帜的话,那么当他把自己的笔触转向爱情这个人类感情世界最动人也最神秘的领域时，他的思考却是空前绝后、绝无仅有的。他的哲学家的深邃，因熔铸了他个人对爱情的极为独特和真切的体验而显得格外充实而丰满；他的诗人的敏锐感受，又因沐浴着理性之光而变得尤为纯净和深沉。他抒写爱情的魅力和痛苦，思考着爱情的奥秘和本质。他给后世留下的一首首动人而深沉的情诗，是俄罗斯情歌中的一大奇观，也是世界情诗中的瑰宝。我们可以毫不夸张地说，在俄罗斯乃至世界诗歌史中，未必能找到一个诗人像丘特切夫那样去思考和抒写爱情的真谛的。

自然，诗人早期的爱情诗与茹科夫斯基和普希金的传统还是较为接近的。"美酒"、"鬈发"、"笑靥"、"逝去的青春，死去的爱情"，都是诗人歌咏的对象。感情真挚，格调优雅，是他早期爱情诗的特点。

但决定丘特切夫爱情诗的成就和价值的还不是他的这类早期作品，而是那震撼人心的旷古杰作"杰尼西耶娃组诗"。

这一组诗得名于丘特切夫所钟情的女子 E. 杰尼西耶娃。诗人在 1850 年与她相遇，两人一见钟情，从此便陷入深深的热恋之中。这种关系一直保持了十四年，直到 1864 年杰尼西耶娃逝世。在这期间，丘特切夫献给她许多情诗，这便是"杰尼西耶娃组诗"的来历。根据俄罗斯最新的丘特切夫诗集版本，组诗一共包括诗人从 1850 年到 1868 年写的二十二首诗。

这是一组怎样的诗啊！真诚、坦白、执著、深沉，既充满着炽热的情感，又蕴含着冷静的理性；既有绵绵不断的倾诉和表白，又有严格无情的自我剖析和反省。它既是爱的颂歌，又是爱的挽曲。诗人那支饱蘸心血的笔，遨游着爱的领海，探究着爱的奥秘。

如果说"杰尼西耶娃组诗"是一部爱情交响乐的话，那么它的第一乐章便是"乞求"。组诗的首篇《"不管炎热的正午怎样……"》用舒缓的调子传达出一种炽热的气氛，这是一场爱情风暴即将来临的征候，抒情男主人公在这里出现。在那"神秘的热情"中似乎包含着一种不祥的预兆，诗人仿佛一开始便察觉到这一点。第二首诗《"啊，我们爱得多么致命"》便给组诗定下了基调。这里，第一次出现抒情女主人公的形象。诗人回忆起与她第一次注定不幸的相见：那迷人的目光、谈吐，还有那充满着青春活力的笑声。可是爱情对她来说却是一张可怕的命运的"判决书"，是一种不公正的耻辱。于是那双颊的玫瑰和笑声不见了，甚至眼泪也烧干了。这里，悲剧性因素已初露端倪。

"乞求"的主题在第三首诗中出现：

你不止一次听见我的表白：

"我配不上你的爱情。"

即使她已经属于我——

但我在她面前是多么贫穷……

面对着你的爱情，
我痛苦地想到自己——
我默默地站在你面前，
我祝福你，崇拜你……

就像你有时那样深情，
满怀着信念和祈祷，
面对着那珍贵的摇篮，
不由自主地屈膝弯腰。

那儿睡着她——你的孩子，
你的没有父名的小天使——
面对着你的一颗爱心，
请接收我的一片谦恭。

《"你不止一次听见我的表白》"（1851）

这里，"乞求"显然包含有两层意思，一是乞求爱情，这种
乞求与祝福、崇拜的感情交织在一起；一是乞求宽恕，这种
乞求与诗人的负罪感联系在一起。爱情给他们带来欢乐，也
带来痛苦，特别是给杰尼西耶娃带来巨大的痛苦。这时诗人

所描绘出的抒情女主人公已是一位慈爱而又充满痛苦的母亲的形象。她怀着信念和祝愿，不由自主地跪在那珍贵的摇篮面前，那里，睡着他们爱情的结晶——她的女儿，一个没有父名的孩子。

如果说在普希金的爱情诗中，诗人所歌咏的主要是对爱情的追求和向往；是爱情的纯洁和它的魅力；是爱情对人的精神世界的净化和提升的力量；那么，在丘特切夫笔下，爱情却更富于具体的社会内容，更带有反省和沉思的色彩。抒情女主人公的形象，令人想起后来列夫·托尔斯泰笔下的安娜·卡列尼娜。她袒露在读者面前的充满痛苦的内心世界和呈现在读者眼前的虔诚、忧郁、憔悴的母亲的形象，从一个侧面对那个社会中的不合理和不平等的现象作出了深刻的表现和反映。

第二乐章的标题可以说是"搏斗"。这远不是习惯概念中的爱情：温存、幸福、甜蜜。这是一颗心给另一颗心带来的痛苦和磨难。这里早已不存在"爱"或者"不爱"的问题，而只有"爱是什么"和"爱与死"的问题。而就抒情主人公们内心冲突的紧张和激烈而言，就思考的角度和方式而言，组诗中一系列诗篇又分明带有陀思妥耶夫斯基的格调：

当全身的血液时冷时热，
当过剩的感受要溢出心胸，

谁不曾受到过你们的诱惑——

孪生子啊——自杀和爱情！

《孪生子》（1852）

爱情啊爱情——据说，

那是心心相连——

它们的统一、融合。

既是注定的生死与共，

又是注定的生死搏斗。

《定数》（1852）

这样的对爱情的思考和表现，在俄罗斯乃至世界的爱情诗中都可以说是奇特的、罕见的，甚至是绝无仅有的。

抒情女主人公的内心矛盾和斗争也是异常紧张的。在诗人模拟杰尼西耶娃的语气所写的第六首诗中，响彻着声嘶力竭的呼喊，甚至还出现了刀光剑影：

不要说他还像从前那样爱我，

不要说他还像从前那样珍惜我，

啊不！他是在残忍地杀害我，

尽管我看见刀在他手中颤抖。

《"不要说他还像从前那样爱我"》（1852）

而对于抒情男主人公来说，他可以忍受一切外来的责备，甚至还进行自我谴责，唯独不能忍受的，也是最令他痛心的便是来自他所深爱的女子的误解和怨恨，他不断地急切地表白自己，剖析自己：

> 啊，不要用公正的责备来惊扰我的心！
> 在被人羡慕的我俩中请相信你的命运：
> 你真诚而又热烈地爱着，而我——
> 我怀着嫉妒的苦恼，凝望着你的面影。
>
> 站立在我自己建造的神奇的世界面前，
> 我，可怜的魔法师，失去了信仰——
> 我感觉到满面通红，我竟然把
> 你活生生的灵魂视作无生命的偶像。
>
> 《"啊，不要用公正的责备来惊扰我的心"》（1852）

诗人抒写了杰尼西耶娃对爱情的忠贞，谴责不公平的命运，抨击了世俗的流言，表达了诗人的祝愿：

> 你怀着爱情所祈祷的，
> 在你心中是一件圣物，
> 可命运把它交给世人，

任凭那流言将它凌辱。

一群人破门闯入了

你心中神圣的殿堂，

把秘密和牺牲窥视，

你不由得羞愧难当。

啊，但愿心灵有一双

飞越世人之上的翅膀，

让它能够早日脱离

无尽的俗人的罗网！

《"你怀着爱情所祈祷的"》(1852)

交响乐第三章的主题是"沉思"。它是以一种热情、幸
福的调子开始的。这是对爱情的礼赞。爱情固然给诗人带来
巨大的痛苦，然而爱情毕竟又是美丽的，而付出巨大痛苦代
价的爱情尤为美丽。所以诗人即便是在感受着爱的痛苦的同
时，也不能不被爱的魅力所吸引：

我熟识一双眼睛——啊，这双眼睛！

上帝知道——我多么爱它们！

我无法使自己的灵魂，

离开那迷人的热情的夜空。

……

而在这些美妙的瞬息，
我一次都不能使自己
与它们相遇，不激动万分；
把它们欣赏，不饱含泪水。

《我熟识一双眼睛》(1852)

诗人甚至在对大自然的描写中也注入了这种幸福感，大海在诗人看来，无论是平静如镜，抑或是波涛起伏，都是美好的，都充满不可思议的神奇力量，而诗人愿意把他的灵魂，投进大海的深处。不待说，大海也就是杰尼西耶娃深不可测的爱情的象征（《"你，我的大海的波涛"》）。

可是，这甜美、欢乐的调子还没有完全停息，一支沉郁、凝重而又具有力度的旋律以缓慢的节奏慢慢升起。它里面仿佛跳跃着一种心灵的颤动；仿佛包含着一种呼唤；那是一种追求，一种幸福；又是一种叹息，一种忧伤。它既冷静又热烈，既奔放又深沉；既洋溢着生命的激情，又闪耀着理性之光：

啊，当我们暮年将近，

我们爱得愈加温柔、虔诚……

照耀吧，照耀吧，告别之光，

你那黄昏的霞光，最后的爱情！

阴影笼罩着大半个天空，

只有西边的晚霞在缓缓游移，

推迟一下吧，夜的脚步，

延长一下吧，迷人的光辉！

即使血管中的血快要枯竭，

可心中的柔情却不会消亡，

啊你，最后的爱情啊！

你既使我幸福，又令我绝望。

《最后的爱情》(1854)

这就是"杰尼西耶娃组诗"的核心之作和点题之作《最后的爱情》。这有限的三节十二行诗，却以无限的容量极为概括地、形象地把诗人的幸福和绝望、欢乐和忧伤，把诗人所有的情感和沉思都浓缩在其中，把"乐曲"推向了高峰。它是一朵永不凋谢的诗之花，闪耀着绚丽璀璨的光彩，具有不朽的诗的魅力。它无疑是世界爱情诗中不可多得的杰作，是爱情王国中的千古绝唱。

《最后的爱情》仿佛是交响乐中一个巨大的休止符,在把乐曲推上顶峰之后,便渐渐地把音乐凝固了。真是"凝绝不通声暂歇,别有幽愁暗恨生"(白居易)。它宛如一串巨大的省略号,在断断续续的余音中,包含了不断的情思、不绝的联想和不尽的感叹;它又好像一长队大雁,披着秋日黄昏微红的霞光,渐渐隐没在深幽的天际,留下的只是一片空旷。

《最后的爱情》仿佛写尽了诗人的一切情感和思索,从1854年诗人创作了这首诗后,除了1855年写过一首诗外,"杰尼西耶娃组诗"的创作中断了十个年头。等到诗人于1864年重新拿起笔来续写这一组诗时,杰尼西耶娃已经离开人世了。于是那无限的悲伤,不尽的思念便从诗人的笔端滔滔不绝地流出……毫无疑问,"交响乐"的第四乐章的标题便是"怀念"了。

在杰尼西耶娃去世后不久,诗人便离开了自己的祖国,远离了那能引起对死去的爱人的回忆的土地、房屋乃至一草一木,也许他以为这样可以多多少少减轻一些痛苦。可是在异国他乡,对杰尼西耶娃的思念却梦萦魂绕,令他不得安宁。在瑞士:

　　　　这里,有颗心本可以忘记一切

　　　　那样,也就会忘了所有的痛苦,

但除非在那儿——在故土——

能够少去那一座坟墓……

《"北风静息了"》（1864）

在法国，诗人处在美丽的大自然之中，外部世界的美好更强化了他内心的苦痛：

哦，尼斯！这明丽的南方！

这华光丽彩使我意乱心迷。

生命像一只受伤的小鸟，

想飞——却又不能飞……

无法张开翅膀，无法离开大地，

拖着一双被折断的羽翼，

整个身子都紧贴着尘泥，

疼痛、乏力，不停颤栗……

《"哦，尼斯！这明丽的南方！"》（1864）

他又回到了自己的故乡，他又忆起了杰尼西耶娃，他忘不了她，忘不了她至死不渝的爱情。在杰尼西耶娃逝世一周年纪念日的前夜，诗人用整个身心呼唤着她：

白昼正在消隐，万籁俱静，

我在大路上蹒跚地行走……

我感到难受，双腿已经麻木，

我亲爱的朋友，你是否看见我？

大地上空越来越暗淡——

白昼最后的余晖就要洒落……

这就是我和你生活过的世界，

我的安琪儿，你是否看见我？

明天是祈祷的日子，忧伤的日子，

明天是那注定不幸的日子的纪念。

我的安琪儿，魂灵会在哪儿游弋？

我的安琪儿，你能否把我看见？

　　　　《一八六四年八月四日周年纪念日前夜》(1865)

第四乐章最后一首诗写于杰尼西耶娃去世四年后的 1868 年，
这就是组诗的压卷之作——著名的《我又站在涅瓦河上》。
这些年来，巨大的痛苦几乎要把诗人给压倒了，他甚至以为
自己也将随杰尼西耶娃一道离去。如今，当诗人重又站在他
们过去常来的涅瓦河旁，凝望着那"昏昏欲睡的河水"，这
才意识到自己还是一个"活人"。可是诗人仍半信半疑，在
月光下面，他似乎又觉得他仍旧和杰尼西耶娃在一起：

我又站在涅瓦河上，
如同在以往的岁月里，
好像依旧是一个活人，
凝视着昏昏欲睡的河水。

蓝天中没有一丝星光，
白茫茫一片多么安谧，
只有在沉思的涅瓦河上，
洒满了那月亮的清辉。

这一切是我梦中所见，
还是真的看到的景象？
明月依旧，我和你原先
可曾在一起这样眺望？

"杰尼西耶娃组诗"就在这样一幅朦胧的画面中结束了。
它给人留下的是一种绵绵的情愫，一种淡淡的哀愁，一种深
沉的思索，一种明净的美的力量……

译　者
1996 年 3 月于上海

致亲爱的老爸 [1]

在这个幸福的日子里，

儿子能给你怎样的贺礼！

送一束鲜花——但花已谢，

草地和山谷已是一片枯萎，

我能否献上一首诗歌？

于是我便向心灵求助。

我的心灵这样回答：

在一个幸福家庭里，你——

最温存的丈夫，最慈祥的父亲，

善良的好朋友，不幸的保护者，

祝愿你的宝贵的岁月永远长流！

----

1 此诗系丘特切夫最早的诗歌创作，诗人写作此诗时年仅7岁。该诗为祝贺诗人的父亲伊凡·尼古拉耶维奇·丘特切夫（1776—1846）的生日（10月12日）而作。题名中的"老爸"原文系"爸爸"的爱称，这里译为"老爸"。

你打骂过的孩子用爱包围着你，

你会看见你的周身环绕着欢乐。

你就像太阳一样微笑着，

用那充满活力的光芒

从高天注视着地上的花朵。

1810 年

"我强大有力……"

我强大有力，又羸弱无比，
我是个君王，又是个奴仆，
我是在行善，还是在作恶？
对此，我并不想加以评说。
我奉献甚多，而索取甚少，
我是为了自己把自身掌握。
　　如果我想要打击谁，
　　也就是要打击自己。

1810 年

一八一六年新年献辞

太阳，这个宏伟的星球

已从那深远的天际喷薄而出，

一年一度的圆圈已经描就，

它庄严地注视着新的旅途！

听！身上披着灿烂的霞光，

响彻于正微微发白的苍天，

带着那命定不幸的骨灰盒，

飞来了太阳年轻的儿子——新年！

沿着不停旋转的时间的长河，

它的前驱已从大地上消失殆尽，

如沧海中的一滴，永远地沉没！

新年又至！上天的法规严格而神圣……

时间啊！你是永恒的一面流动的镜子！

一切都在倒塌，都要落入你的手心！

你的大限是多么威严而又神秘，

它起于那虚弱的要合上的眼睛！……

一个个世纪诞生之后又轮番逝去，

这个百年又被那个百年拭擦干净。

什么能幸免于凶恶的克隆[1]的愤怒？

什么能在这威严的上帝面前站稳？

沙漠之风在巴比伦的废墟上呼啸！

孟菲斯的兴盛之地已是野兽成群！

特洛亚城如今已变成一片瓦砾，

四周荆棘缠绕，到处杂草丛生！

而你，奢侈无度的富豪之子！

你拥有的无忧无虑的生命，

在闲暇和安逸中平静地流逝！……

但不幸的你忘记了：我们

全都要到达冥河那可怕的彼岸！……

你的显赫的高位，你的黄金，

你的谄媚者，都不能使你免遭死亡！

你不见那天火在频频劈开山顶？……

1　克隆，希腊神话中的时间之神。以下所列举的都是古代的名地名城。

你还胆敢用自己的贪婪的手
从孤儿寡母的口中夺走食粮，
把一家家人残酷地赶离故土！……
瞎子！掠富之路将通向灭亡！……
地狱之门已在你面前打开！
你这冥界和复仇女神的牺牲，
你这个强盗！你闪光的财富，
征服不了威严的复仇女神！……

在那里你将看见一把锋利的巨斧，
悬在你头上，紧紧挨着你的头顶，
盖住你的伤痕累累的肉体的不是
紫红色的绸缎，而是滚烫的蛆虫！……
你休要指望残肢烂体有一副担架，
惬意的松软的羽绒裹着你的安逸，
裹住你的是——烧得通红的硫磺——
那不息的哀号将响彻你的耳际！

这可是一场噩梦？这些血腥的
阴影带着凶狠的狞笑朝着你驰骋！……
它们从野蛮人的迫害接过死亡，

等待着回报野蛮的时机的降临！——
痛苦吧，凶手，你这复仇的祭品！——
如今，在这里，那些茂密的嫩草
盖住了你的被遗忘的坟墓，它们
永远用谄媚之声默默地为你祷告！

1815 年底—1816 年初

致两朋友 [1]

在这个幸福的日子里，

你们之一就命名为"美德"，

从此就要以圣母的名义

去维护神圣的宗教。

大自然把"生命"赐予了另一位。

你们之一要做到

把情感和事业放到一起，

相互组成为幸福，

给温柔的女性作出范例。

忠实的朋友啊，离别会使你们伤心！

可是，那愉快、甜蜜而又幸福的

————————

1　此诗为谁而作，无从查考。从诗的内容看，是写给两个小姑娘的。

相会的时刻很快就会来临。

在心灵的倾诉中，
你们最终会长大成熟，
会忘记那以往的痛苦！

1816 年

"就让批评家的心……" [1]

就让批评家的心因忌妒而痛苦吧!

伏尔泰! 他们丝毫不能把你损伤……

缪斯的子弟已剪裁定当,

并把神奇不朽引进了殿堂!

1818 年

1　此诗因伏尔泰的史诗《亨利亚德》而作。

"不要给我们空幻的精神！" [1]

"不要给我们空幻的精神！"
那样，你会因我们的条件
而不要指望我会去祈祷，
也不要指望眼前的今天。

1820 年

1　此诗初次发表时标题为《祈祷》。

致反对饮酒者

1

唉，人们说得不对——
不应当去饮酒！
健全的理性允许
人们爱酒，喝酒。

2

好争好闹的头脑中，
有许多诅咒和痛苦！
我在激烈的争吵中，
招来那神圣的帮助。

3

我们的曾祖父，
被女人和蛇诱惑，

吃下被禁的果子，
他理应被驱逐。

4

万一我们的爷爷
已经有了葡萄，
却又迷上了苹果，
你能说这是罪过？

5

而诺亚[1]的光荣
就在于他的聪明，
他把水到处乱洒，
酒就是这样生成。

6

不论争吵还是责备
结果都不会是举杯，
举杯就是不断地
把葡萄汁倒入杯里。

---

1 诺亚，《圣经》故事中洪水灭世后人类的新始祖，传说是他发明了酿酒。

7

美味的宴饮
是上帝的恩准——
传统和习惯使它
备受大家的欢迎。

8

有那么一个儿子
忽然间不再贪杯，
恶棍！诺亚出面干预，
把这个坏蛋抛进地狱。

9

让我们以十分的虔诚
开始饮酒，开始歌吟，
为了在神的殿堂
与诺亚一起共饮。

1820 年

致拉依奇 [1]

克服了那些不忠实的陷坑，

游泳者到达了希望的彼岸，

在码头上结束了沙漠中的探步，

他又重新结识欢乐的情感！……

难道在那个时候他强劲的

兴奋的小舟没有被鲜花爬满？……

难道在鲜花和翠绿中的小舟

没有留下风暴和波涛的疤痕？

你满怀着勇敢和光荣，

掌握着航向越过辽阔的大海——

朋友啊，如今你平静庄严地

1　此诗为诗人的老师 C.E. 拉依奇而作。当时，他刚译完古罗马诗人维吉尔的作品《农事诗》。此诗题名为译者所加。

飞向那忠实的胜利的港湾。

歌手，快一点飞向岸边——

靠向友谊的怀抱，把自己的头——

贴住阿波罗之树的枝桠[1]，

而我，则在你身上攀爬！

1820 年

1 阿波罗之树，即月桂树，此句意即登上诗歌殿堂。

和普希金的《自由颂》

自由之火焰在熊熊燃烧，
锁链的撞击声凝重低徊，
阿尔凯[1]的竖琴已经响起——
奴隶制度就要随之崩溃。
从那竖琴中迸射出火星，
四处弥漫着滚滚的烟尘，
好像是上帝点燃的天火，
降落到帝王苍白的头顶。

幸福者忘却地位和权力，
他的声音就会坚定无畏，
向顽固不化的暴君宣告，
神圣的真理已降临大地！

1　阿尔凯系古希腊诗人，其诗充满反专制精神。

诗人啊，到时候你一定
会得到伟大命运的奖励！

请用你那甜美声音歌唱，
请用它的魅力感动人心，
让那些冷酷的专制者的
伙伴变为善与美的友人！
但不要扰乱公民的宁静，
不要使耀眼的桂冠暗淡，
歌手！在高贵的锦缎下，
你要用自己迷人的琴声
温暖而不是去惊扰心灵！

1820 年

"在人群中，在不息的喧哗里"

在人群中，在不息的喧哗里，
我的目光、举止、情感和言辞，
有时都不敢在你面前流露出欢喜——
我的心儿啊！请不要把我责备！

你看那月儿是多么的明亮，
可在迷茫的白昼也只是透着微光，
一旦黑夜降临，那芬芳的、琥珀色的
光辉便会注入那明净的玻璃门窗！

1820—1830 年

"你看他在广阔的世界里——"

你看他在广阔的世界里——
忽而任性快乐，忽而忧郁阴沉。
漫不经心，怪诞或是神秘难测，
这样一个诗人，而你蔑视诗人！

你看一看月亮，整日里都像块云片，
在天空中显得有些娇弱、疲劳——
而黑夜一到——这辉煌的上帝
便将昏昏欲睡的小树林照耀！

1820—1830 年

春　天

——赠友人

大地充满爱情，岁月光华四溢，
春天，她在向我们挥洒着芳菲！
大自然赐予我们以创作的佳酿，
让它的好儿郎在这里欢庆聚会。

生命、力量和自由的精神，
渗透我们全身，它使灵魂升腾！
我们的心灵中充满着欢乐，
好像是大自然的庄严的呼唤，
好像是神的催人奋发的声音！

你们在哪儿？和谐的音符？
到这儿来！请用无畏的指尖
去拨响那正在沉睡的琴弦，

你看那爱情、欢乐和春天的
明亮的光辉正把它照耀浸染！

大地沐浴着清晨初升的霞光，
到处繁花似锦，春光荡漾，
玫瑰在怒放在燃烧在闪耀，
煦风在欢腾在吹拂在歌唱，
把芳菲之气洒向四面八方——

生命的欢乐四处飘逸，
歌手！让我紧跟你们的步履！
朋友们，让我们的青春
在明亮幸福的花丛间高飞！
我给你们献上一份深情的薄礼：

一朵平常的小花，没有多少香气，
但我知道，你们，我的师长，
会带着诚心的微笑把它收起。
就像羸弱的孩子要表达爱意，
从草地上采来一朵小花，
带着它扑向自己母亲的怀里！

1821 年

A.H.M.[1]

不要相信美丽的臆想，
依仗着严密的法规，
理性会把一切摧毁，
它剥光空气，海洋和陆地——
就像俘虏一样赤身露体。
它能让生命干涸见底，
它能向树木注入灵魂，
能给无形体的以形体！

你们在何处？古代的民族！
你们的世界曾是众神的庙宇，
你们没有眼睛，但却清楚地

1　此诗为安德烈·尼古拉耶维奇·穆拉维耶夫（1806—1874）而作，他
曾和丘特切夫一样，同为拉依奇的学生，并参加过拉依奇的文学小组
的活动。

读过大自然母亲这本书！

我们的时代已不属于以往，

不，我们不是古代的民族！

忙忙碌碌的学者的奴隶，

还有被自己的科学锁住的人！

你这个批评家，你徒然地

支配人们的长有金翅的梦想。

相信吧——以自己的经验担保——

美丽的菲亚[1]仙女神奇的宫殿——

在梦境之中——要比真实的——

被寂寞所折磨的你栖息的

破烂的茅舍——更为美妙！

1821 年

1　菲亚，西欧神话中的仙女。

"被大自然……" [1]

被大自然抛弃在

不幸的生命之石上，

一个活泼的小孩，

在漫不经心地游逛，

而缪斯给孤苦的孩子

盖上自己希望的锦缎，

又在他的身子下面，

铺上诗歌精美的地毯。

在缪斯的翅膀之下，

他很快地成长为一个诗人——

被丰富的感情所驱使，

1　此诗为诗人的老师拉依奇而作。

他出现在自由殿堂 [1] 的大门——

可他没有在圣像前

献上暮气沉沉的供品，

他献上的是一束鲜花

和那热情洋溢的竖琴。

他在年轻的时候，

还尊崇过另一位神灵——

爱神曾围绕着他嬉戏，

并得到了诗人的回赠。

他铭记那箭头的一击，

在甜蜜幸福的日子，

他向她绘声绘色地描述

俄尔甫斯夫妇的故事 [2]。

在这个梦幻一般的世界，

诗人在生活着，在梦想——

他已达到人世的顶峰，

他还要登上神圣的天堂……

1 此处的自由殿堂指拉依奇与幸福同盟的联系。

2 指拉依奇所译的罗马诗人维吉尔的《农事诗》中有关希腊神话中著名
歌手俄尔甫斯夫妇的故事。

他机智敏捷，目光真诚，

他的想象力遨游四方——

他一生中只有过一次辩论——

那是在硕士论文的答辩会上 [1]。

1822 年

1　此处指拉依奇在 1822 年通过硕士学位的论文答辩。

致 A.B. 舍列梅捷夫 [1]

我的同宗同源的兄长，

你的保护神总算最终

把你引到故乡的屋檐下，

告别了调防、操练和兵营，

告别了种种惊扰和拘禁，

告别了和平——战斗的生活。

在自己的圈子里，在家中，

身着长衫，平静地供职。

在英雄农艺师花园 [2] 中，

挂起自己空闲的宝剑。

可好吧？你是否能够

———————

1 A.B. 舍列梅捷夫（1800—1857），诗人的堂兄。他曾在炮兵禁卫军任职，后转入 Π.A. 托尔斯泰将军（1766—1844）属下的步兵第五军任指挥官副官职务。

2 英雄农艺师花园，是当时 A.B. 舍列梅捷夫在莫斯科的社交场所。

变更自己所热爱的理想？

朋友，空闲是一种痛苦，

要是我们不能与它共享。

接受我友善的劝告吧

（古代圣哲曾常常用

诗歌对人们作出规劝）：

在莫斯科如云的美女中，

能轻易地——不必怀疑——

找到一个十五岁的美人，

头脑聪明，心地善良，

留在托尔斯泰这里吧，

忘掉那些官衔和空想，

名副其实地缔结良缘，

做好自己妻子的副官。

那时我将沉醉于灵感，

唤醒婚姻之神的沉睡，

为你贡献出我的懒散……

只有你才能战胜自己！

1823 年

泪

哦，泪之泉……
格雷[1]

朋友，我爱看一杯美酒——
看它晶莹透亮，红光闪闪；
我也爱看枝叶间的葡萄——
看它红如宝石，喷香吐艳。

我爱看宇宙间的万物
都沉浸在春的海洋里；
看世界在芬芳中酣睡，
看它在梦中露出笑意。

我爱看春天的阵阵和风
把美人的脸蛋染得绯红，

---

1 格雷（1716—1771），英国诗人。

看它时而在酒窝里旋转，
时而把迷人的鬈发抚弄。

可是帕福斯岛女皇[1]的美丽，
欲滴的果汁，娇艳的玫瑰，
对于你都是圣洁的泪之泉，
你这来自天国的朝露啊！

天国的光辉在你里面闪动，
有如火焰一般折射、奔涌，
在生命的布满雷电的乌云旁，
画出一道道生机勃勃的彩虹。

你，泪的天使啊，只要你
用翅膀触动一下呆板的眼瞳，
乌云就会被泪水驱散，
在你面前就会突然出现
六翼天使飞舞着的苍穹。

1823 年

1　帕福斯岛女皇，即希腊神话中的爱和美的女神阿弗洛狄忒，后来罗马
　人称之为维纳斯。

从异乡 [1]

在昏暗的北国，在荒凉的峭崖上，

　　雪松独自站立，闪着白光，

在严霜的昏暗中他甜蜜地睡着了，

　　暴风雪抚慰着他的梦乡。

他梦见了一棵年轻的棕榈

　　在那遥远的东方之邦。

在温暖的蓝天下，在炎热的山冈上，

　　她也独自站立，神采飞扬……

1823—1826 年（？）

1　此诗译自海涅的《雪树独自站立……》一诗，是海涅诗作的首次俄译。后来不少俄国诗人如莱蒙托夫、费特等都译过这首诗。因译诗是从德国寄回俄国的，所以丘特切夫把题名改为现在的《从异乡》。

"朋友，请在我面前坦言——"[1]

朋友，请在我面前坦言——

你未必会是一个幻影，

诗人那暴躁的头脑

有时是怎样造出它们！

不，不要相信：

这面颊，这温存的眼睛，

这天使般的小嘴——

诗人创造不出它们。

长尾的蜥蜴和吸血的蝙蝠，

带翅的飞马和利齿的蛇精——

1　此诗系海涅诗作的自由移译。

这些就是他崇拜的偶像——
诗人适合创造出它们。

而你，你轻盈的身段，
你面颊上迷人的光彩，
还有狡黠温柔的眼神——
诗人怎样也造不出来。

1823—1830 年

给 H.[1]

你充满纯真热情的温存目光，
是你圣洁情感的金色的霞晖，
可这目光却不能使他们怜悯——
这对他们简直是无言的责备。

这些人的心中没有真情实意，
朋友啊，他们是在躲避着你，
你那无邪目光中的爱情像宣判书，
他们怕它，就像害怕童年的回忆。

可对于我这目光是一种恩赐，
好像是生命之泉，在我的心底

---

1 H. 系谁，以往认为无从查考。近年来有学者认为是指克留杰涅尔男爵
　　夫人。

你的目光将会永远永远存在，
我需要它，就像需要蓝天和空气。

只有天上才有这样的灵魂之光，
它属于上天，只在天国里闪耀，
在罪恶的黑夜中，在可怕的深渊里，
这纯净的火苗，就像地狱之火在燃烧。

1824 年

致尼萨 [1]

尼萨，尼萨，上帝保佑你！

你对友好的声音全不在意，

你和我们是这样隔绝，

被一群崇拜者所包围。

你是一个轻信的孩子

你无忧愁，也无情义，

你随随便便地拒绝了

我们真挚的爱意。

你把我们的真情当作

那虚幻的不可靠的假意——

_____

1　尼萨，象征性的诗意的名字。

也许，我们给你的感情太少——

尼萨，尼萨，上帝保佑你！

1825 年

闪　光

当午夜时分无意中触动
静寂不动的丝弦的梦，
在那深沉的黑暗之中，
你可曾听见竖琴的声音？

这声音忽而跳荡不定，
忽而又戛然而止……
好像是痛苦最后的怨诉，
在它里面反响、消失！

只要每一阵轻风吹过，
它的弦便迸发出一阵悲怆……
你说，这是天使竖琴的
哀音在天国里随风尘飘荡！

啊，这时我们心灵的翅膀
便从大地朝着永恒飞翔！
我们便想把往事揣在胸怀，
仿佛它就是朋友的影像。

当我们拥有生的信念，
心中是一片欢乐明朗！
天空便像无形的水流，
在我们的血管中流淌。

但我们不想去把天空评说，
我们在天空很快也会厌倦——
因为不是任何一粒尘埃
都会闪耀着神的光焰。

我们刚刚用短暂的努力
中断了令人迷醉的幻梦，
可是我们却又欠起身来，
用迷茫的目光环视天空——

我们的头颅又增加了重荷，
一道闪光使我们头晕目眩，

我们重新跌入的不是平静，

而是那折磨人的梦的深渊。

1825 年

题友人的纪念册 [1]

就像旅行者的注意力

在冰冷的墓石上停留，

我朋友们的目光也会

被熟悉的笔迹吸引住！

许多年以后，它还会

使他们想起旧日的友人：

"他已不在你们当中，

但这里埋藏着他的心灵！"

1826 年

1　此诗系拜伦《在马耳他一本签名纪念册上的题词》一诗的自由移译。

沙恭达罗 [1]

青春的年华给鲜花什么——

　　它们处女的淡红；

成熟的年华给果实什么——

　　它们威严的深红；

什么像海中璀璨的珍珠

　　令目光温柔而又欢乐；

什么像万能的琼浆玉液

　　使心灵燃烧而又蓬勃：

理想宝库的全部色彩，

　　创造力量的所有源头，

总而言之，天空的美丽

　　在想象的光辉中闪烁——

1　此诗系歌德《沙恭达罗》一诗的改译，原诗为四行诗。沙恭达罗系印
　　度古代诗人迦梨陀娑著名戏剧作品《沙恭达罗》中的女主人公，歌德
　　的原诗是因读这部作品的德文译本而作。

一切一切的诗意都汇于

　　你一人身上——沙恭达罗。

　　　　　　　　　　　　1826 年

一八二五年十二月十四日[1]

专制制度宠坏了你们，

它的剑已把你们击中——

法律对你们作出了宣判，

以它不可收买的公正。

人民唾弃你们的不义，

把你们的名字辱骂——

你们的记忆已远离后代，

像死尸一样被埋入地下。

轻率念头的牺牲品啊，

或许，你们还想指望，

你们可怜的贫乏的血

能溶化那永恒的极地!
可是它冒着烟，仅仅在
古老的巨冰上闪了一闪，
铁血的冬天吹了一口气——
一切都不留下半点踪迹。

1826 年

暮

好像是远方的钟声
在山谷上轻轻地飘飞，
好像是鹤群的喧闹
在树叶的响动中静息。

好像是春天海潮泛滥，
透亮的白昼凝神肃立——
而暗影从山谷下升起得
更加匆忙，也更为静谧。

1826 年

"就像一轮明净的月亮······" [1]

就像一轮明净的月亮
有时候会从云后浮出——
在以往的夜里也有一道
愉快的光照亮我的心头。

轮船沿着莱茵河疾驶，
人们都坐在甲板上面，
那正在变绿的河岸，
在我们面前慢慢展开。

在一位美丽的夫人的
脚边，我坐着沉思默想，

---

1 此诗系海涅诗作的自由移译。

在那可爱的白皙的脸上，
流淌着安详的晚霞之光。

孩子们在反复地唱歌，
喧哗声简直无穷无尽，
天空开始变得越来越蓝，
心儿也越来越自由欢欣。

群山和山上的城堡
在两边飞快地游动——
宛如一幅幅的梦景，
流露在可爱女伴的眼中。

1827—1829 年

灵魂的致意 [1]

河边古老的塔楼上，
伫立着骑士的灵魂，
它只看见一些帆船，
便向它们诉说衷情：

"胸中曾沸腾着血液，
拳头曾藏匿在子弹里，
骨架中是勇士的大脑，
而最后便是高脚酒杯！

我半生都在咆哮怒吼，
但都是跟在别人后头：

1　此诗系歌德诗作的自由移译。

而你帆船在不停飘游，

水流要把你带向何处！"

1827—1829 年

"当模糊的忧伤潜入心底——"[1]

当模糊的忧伤潜入心底——

我便把古老的岁月回忆：

那时一切都是如此舒适，

人们都好像生活在梦里。

而今天的世界似乎都已崩溃，

底在上面，一切都乱了阵脚，

在天上，上帝已经不在，

在地狱，撒旦已经死了。

人们多么勉强地活在世上，

到处是分裂，到处是争斗，

1　此诗系海涅诗作的自由移译。

连爱也不留下一点点残羹，

她早就从这个世界上溜走。

1827—1830 年

问 题 [1]

在午夜时分，在荒蛮的海岸上，
站着一个忧郁的青年人——
他心中满是烦恼，脑中满是疑惑，
他向大海的波涛发出询问：
"啊，请给我解开一个生活之谜，
一个折磨人的古老的问题，
在上面成千个人头上——
有的戴着埃及迦勒底人的帽子，
上面绣满了许多看不懂的文字，
有的缠着头，有的戴着金冠，
有的戴有假发，有的剃着光头——
无数可怜的人头在不停地旋转，
在慢慢枯萎，不断冒着水汽——

1　此诗系海涅诗作的移译。

请告诉我，人是什么？

他从何处来，又要去向何方？

又是谁居住在那星空之上？"

浪涛和以往一样在喧哗，在低语，

风仍在呼号，驱逐着乌云，

星光在闪烁，既明亮又冷漠——

傻瓜站着——期待着答复！

1827—1830 年

正 午

迷蒙的正午伸着懒腰，
小河在倦怠地流淌，
在火一般炽热的晴空，
白云在懒散地游荡。

炎热的慵倦像雾一样
把整个自然世界围困，
此刻，就是伟大的潘[1]，
也在他的洞穴里打盹。

1827—1830 年

1　潘，希腊神话中的牧神。古希腊人认为他午睡的时刻是神圣的。

春天的雷雨

我爱五月初的雷雨，
当春天第一声轰鸣
活蹦乱跳、嘻嘻闹闹
滚过这碧蓝的天空。

这年轻的雷声在鸣响，
雨落了下来，尘土飞扬，
雨点像珍珠一般悬挂，
雨丝被阳光镀成金黄。

山间奔下湍急的水流，
林中传来鸟雀的歌唱，
林中的歌声和山上的喧闹，
与雷声合成欢乐的交响。

人说，这是轻佻的赫柏[1]。

在给宙斯的鹰端上酒杯，

她一面狂笑着，一面把

翻腾的美酒洒泼到大地。

1828 年

1　赫柏，希腊神话中宙斯之女，青春女神。其职是给众神斟酒。

拿破仑之墓

春天使大自然生机勃勃，
伟大的静穆中万物生辉：
蔚蓝的天，蔚蓝的海，
神奇的墓，神奇的峭壁！
树木四周是初开的花朵，
树荫融入那普在的安谧。
被春天温暖的大理石上，
微微荡漾着波浪的呼吸。

他的胜利的雷声早已止息，
而世间仍播下了他的轰鸣。
……
……

人类的智者中不乏伟大的身影，
而他的身影却是如此与众不同，

他独自一人赏玩着海鸟的嘶叫，
在苍凉的岸边凝神倾听着涛声。

1828 年

夏　夜

太阳，这炽热的火球
已被大地从头顶推下，
大海的波涛吞没了
黄昏宁静的火烧霞。

明亮的星星已经升起，
它们用湿漉漉的头颅
高高地托起、支住了
压在我们头上的天幕。

在天空和大地之间，
滚滚的气浪在奔涌，
挣脱了酷热的胸膛
也呼吸得更加轻松。

一阵甜蜜的颤栗，像水流
从大自然的血脉中涌出，
犹如一股清凉的泉水，
突然触摸了它滚烫的双足。

1828 年

奥列格的盾牌[1]

1

"真主啊！你的预言家——
穆罕默德！请向我们挥洒
你的光辉、美和虔诚的伟力！
还有对伪善的异教徒的霹雳！"

2

"我们的要塞和堡垒啊！
伟大的神啊！请指引我们，
就像你以往指引你的
身陷沙漠的优秀的人民！"

---

[1] 此诗因 1828—1829 年间的俄土战争而作。奥列格系统帅俄军的基辅大公。

深沉的夜！万籁俱静！

突然，月亮从云后闪着亮光——

在伊斯坦布尔的城门上，

奥列格的盾牌被照得透亮。

1828—1829 年

捉迷藏 [1]

她的竖琴就放在常放的角落，
窗旁照样安放着石竹花和玫瑰，
正午的阳光在地板上似睡非睡，
约定的时间到了，可她在哪里？

啊，谁能给我找到这个淘气姑娘？
我的轻盈仙女到底在哪儿躲藏？
我感到在空气中弥漫着一种喜气，
犹如那醉人的幸福之光在荡漾。

石竹花并非故意地在窥探打量，
玫瑰啊，怎么你的脸颊在绿叶上

---

1 原题为法文。

会发烫，就连气味也越来越香：
我知道，是谁在花丛中躲藏！

我听到的不是你的竖琴的音响，
你还幻想在金色的琴弦里隐藏？
你拨动的金属琴弦早就响起，
那甜蜜的声音还在那儿震荡。

仿佛烟尘在正午的阳光中飘舞，
仿佛蹦跳的火星在火堆上飞扬，
我看见熟识的眼睛中的火焰，
我当然知道此时它正欣喜若狂。

小蝴蝶在花间不停地飞舞，
它飞来飞去，假装成无忧无虑，
我的亲爱的客人，你尽情飞吧！
难道我还认不出轻盈如气的你？

1829 年

幻　象

在一个万籁俱寂的午夜，

有那么一个神奇的时分，

宇宙中有一辆灵巧的马车，

正朝着天庭的圣殿行进。

夜色正浓，如同水中的一片混沌，

人失去了知觉，仿佛阿特拉斯[1]压着大地，

在充满预感和启示的梦里，

只有缪斯的心灵被神驾驭。

1829 年

---

1 阿特拉斯系希腊神话中的英雄，传说是他把天扛在肩上，使它不至于
坠落。

"欢快的白昼还在喧闹"

欢快的白昼还在喧闹，
街上的人头还在攒动，
黄昏时分暗淡的云影，
正掠过那明亮的屋顶。

有时候，会传来所有
幸福美好生活的声音——
在这里汇成一种音律：
嘈杂、喧闹、模糊不清。

我因春天的安乐而疲惫，
不由自主地沉入梦乡，
我不知道这梦有多长，
但醒来却觉得有些异样：

喧闹和鸟鸣已全都止息，
四处八方已是一片宁静——
阴影沿着墙壁游移徘徊，
在半睡半醒中颤抖不停……

一颗苍白的星星
正偷偷地窥视我的窗口，
我好像觉得它是在
把半睡半醒的我守护。

我好像觉得，有一位
看不见的仙人把我抚摸，
把我从金碧辉煌的白昼
引进那个黑沉沉的王国。

1829 年

不眠之夜

时钟发出单调的鸣响，
夜的故事枯燥而又冗长，
那语言对谁都觉得陌生，
可谁都得去谛听、品尝。

在这万籁俱静的黑夜，
谁不曾满怀忧伤之情
谛听过时间那低沉的呻吟
和它预先的告别之声？

我们会想到，这孤凄的世界
正遭受不可抗拒的浩劫——
而在纷乱和抗争之中，
我们已被整个自然抛弃。

我们的生活就站立在我们面前，
就好像幽灵站立在大地的边缘，
而我们的时代和我们的朋友，
正在朦胧的远处渐渐地暗淡。

而一个新的年轻的民族
已在阳光下繁荣昌盛，
而我们和我们的时代，
早已被遗忘得干干净净！

只是偶尔，在午夜，
在进行着悲伤的祭礼，
出殡队伍中金属的撞击声
有时才会为我们哭泣！

1829 年

手段和目的

我不从你们那儿获取鲜花,
但是我却喜欢你们的夸奖,
假如我在路上能够遇到它。

即使没有定出装载的重量,
也不知轮船怎样驶向何处,
但是航程却可以随心所欲。

1829 年

山中早晨

夜雨洗涤过的天空
露出蔚蓝色的微笑，
沾满露珠的山峦之间
有一条丝带蜿蜒缠绕。

迷迷茫茫的云雾
把山峰拦腰围住，
在半空上仿佛出现了
一片神奇宫殿的废墟。

1829 年

天　鹅

纵使苍鹰在云后面
迎着闪电奋力疾飞，
或是扬起坚定的目光
去啜饮太阳的光辉。

可洁白的天鹅啊，
你的命运比它更值得艳羡——
神灵赋予你的翅翼，
就如同你自己一般纯洁。

它在两重深渊之间
抚慰着你无边的梦想——
苍穹从四方把你包围，
用那满天闪烁的星光。

1830 年

致 N.N.[1]

你爱假装，你善于假装——
在人群中，背开人们的目光，
我用腿偷偷地把你的腿触动——
你给我一个答复，不要脸红！

依旧是漫不经心、无情冷漠，
举止、目光、笑容也依然如故……
而你的丈夫，这可恨的守卫者，
欣赏玩味着你的顺从的秀色。

因为人们，也因为命运，
你品尝到那隐秘的快乐，

1　此诗献给何人，至今仍无从查考。

体验到光明：它给予我们所有

背叛的快乐……背叛使你快活。

不可挽回的羞耻心的红晕，

从你年轻的面颊上一掠而逝——

而阿芙乐尔[1]初开的玫瑰的光辉，

连同芬芳纯洁的心灵在奔驰。

可好吧！浓烈炽热的感情

越是得到满足，目光越是诱人，

在眼神中，如同在葡萄串之间，

血液透过浓荫在闪耀沸腾。

1830 年

---

1 阿芙乐尔，古罗马神话中的司晨女神。

雪　山

正午时分已经来临，
炎炎烈日烤着大地，
山峰连同郁郁树林
都冒出了缕缕雾气。

山下，湖面水平如镜，
隐隐泛出一片片蓝光，
小溪从灼热的石缝中
朝山谷深处飞快流淌。

此时我们惺忪的世界
已经失去自己的活力，
它沐浴着静谧的芬芳，
在正午的雾霭中安息。

在奄奄一息的大地上空，
被冰雪封裹的皑皑山峰
就仿佛一群同族的神灵，
在把那炽热的蓝天戏弄。

1830 年

最后的激变

一旦世界末日的钟声敲响,
所有的陆地将会全部消亡:
能看见的一切又被洪水淹没,
而在水中会显出上帝的圣像!

1830 年

"就像大地被重洋环绕一样"

就像大地被重洋环绕一样，
尘世生活的四周布满梦幻……
当黑夜降临，自然的伟力
便以鸣响的波涛拍打海岸。

这涛声的召唤使我们疲惫……
迷人的小舟已从海湾出航，
潮水奔腾，迅速地把我们
带进深不可测的滚滚黑浪。

被那灿烂星光缀满的苍穹
正从高处神秘地向下眺望——
而我们正在海上漂浮游荡，
四周是被照亮的深渊汪洋。

1830 年

"我们跟着时代前行"

我们跟着时代前行，

就像跟着埃涅阿斯的克瑞乌萨[1]，

我们走了一会儿就觉疲乏，

步子渐小——最后只得停下。

1830 年

1　克瑞乌萨，希腊神话和传说中的英雄埃涅阿斯的妻子。

海 马

骏马啊，你这海上神马，
你身披浅绿色的鬃毛，
有时候你温和、柔顺，
有时候你顽皮、暴躁！
在神灵的宽阔田野上，
是风暴哺育你成长，
它教会你跳跃、嬉戏、
自由自在地驰骋疆场。

我喜欢你，当你以自己
傲视一切的伟力向前飞奔，
我喜欢你浓密鬃毛的飘拂，
我喜欢你汗淋淋、气腾腾，
我喜欢你发出欢快的呼啸，
我喜欢你飞速地奔向岸边，

当你的蹄子踏向岩石——

在嘶叫声中浪花四溅……

1830 年

"这里，苍穹是这样萎靡不振"

这里，苍穹是这样萎靡不振，

注视着贫瘠的土地——

这里，疲惫的大自然在昏睡，

沉入铁一般冰冷的梦里……

只有几处有浅色的白桦，

稀疏的灌木，灰色的苔藓，

仿佛热病一样的梦幻

把这死一般的静寂搅乱。

1830 年

给两姊妹

我曾见过你们在一起，
我把她完全当成了你，
一样的目光，一样的声音，
也是一样的晨曦般的美丽
从你的头顶上冉冉泛起！

好像一面神奇的明镜，
把这一切又重新显映……
过去的忧伤和快乐：
你的逝去了的青春，
我的死去了的爱情……

1830 年

恬　静

雷雨过去了。高大的橡树
被雷电击倒，躺卧在地上，
蓝灰色的烟从枝叶中溢出，
在被雨洗过的翠绿中飘荡。
鸟儿的歌声更加嘹亮饱满，
在晶莹的水珠间穿梭传扬。
五彩的长虹把自己的一端
架在那苍翠碧绿的山峰上。

1830 年

朝圣者

贫穷的朝圣者云游四方，
宙斯便把他接纳、保护！
无家可归的朝圣者，
成了天庭众神的宾客！

众神创造了这奇妙的世界，
它色彩纷呈，千姿百态，
全都在他面前一一展现，
给他启示、教益和愉快……

走过村庄、城市和田野，
光明的道路在他面前伸展——
整个大地张开臂膀欢迎他，
他看见一切并把上帝礼赞！

1830 年

疯 狂[1]

在那儿，在迷茫如烟的苍穹
和被焚烧的大地相交的地方，
在欢快的无忧无虑之中，
生存着稀有罕见的疯狂。

隐身于炽热的光焰中，
潜入滚烫灼人的沙漠，
它用玻璃一般的眼睛
在云层中搜寻着什么。

突然间，它兴奋不已，
耳朵贴着那有裂缝的大地，

---

1 此诗中的"疯狂"，即谢林哲学中"寻水者"的形象。在谢林哲学中，
  "寻水者"是指寻求世界精神的人。在后面的《给费特》一诗中，也
  有类似的说法。

它在贪婪地谛听着什么，
额头上露出神秘的满足。

它觉得它听见了水的翻滚，
又听见了地下之流的涌动，
还有它们在吟唱的摇篮曲，
以及那来自地底下的喧声！

1830 年

"我驰过里沃尼亚的原野"[1]

我驰过里沃尼亚的原野，
四周的一切是如此凄凉……
无精打采的天，风沙滚滚的地——
这一切在我心中唤起缕缕感伤。

我忆起这忧郁土地的往昔——
在那个血腥的黑暗的年月。
它的子孙在尘埃中俯首，
用嘴去吻骑士们的马靴。

我望着你，荒漠的河流，
我望着你，岸边的橡树，

---

1 里沃尼亚系现拉脱维亚和爱沙尼亚一带的古称，13—16世纪，该地区
曾被德国僧侣骑士统治。

我想，你们的历史久远，
该是那个年代的见证者！

是啊！彼世之岸的那个世界，
唯有你们才能够给我们描画。
啊，倘若就它只提一个问题，
我是否可以要求你们回答！

可大自然对往昔缄默不语，
只是还以含糊而神秘的笑意——
如同一个偶尔看到夜宴的孩子，
在白天的时候对它也闭口不提。

1830 年

"流沙淹没了膝盖⋯⋯"

流沙淹没了膝盖⋯⋯

我们在薄暮中前行。

沿途的一棵棵松树,

已汇成了一片阴影。

松林越来越密越来越黑——

多么令人害怕的地方!

阴沉的夜犹如百眼怪兽,

从每座树丛中向外张望。

1830 年

秋日的黄昏

秋日的黄昏是透明的，
它的美既神秘又温存：
不祥的闪光，斑斓的树林，
飘零的红叶，飒飒的声音，
忧郁冷漠的大地上空，
蓝天幽暗而又安宁，
仿佛是风暴的先兆，
时而吹来阵阵寒风，
一切都在衰颓、败落，
那温柔的笑容也在凋零，
对这一切，我们理智地
称之为神灵隐秘的苦痛。

1830 年

093

树　叶

且让云杉和苍松
在隆冬傲然挺立，
裹着雪，迎着风，
它们在昏昏入睡。
那消瘦的绿叶
犹如刺的针尖，
虽说永不变黄，
可也永不新鲜。

我们却是快活的一族，
洋洋洒洒，五彩缤纷，
在枝杈的宴饮上，
只是个短暂的客人。
整个美妙的夏季，
我们都熠熠生辉，

用露珠沐浴，

与阳光嬉戏！

可小鸟唱完歌，

花儿纷纷落，

阳光变苍白，

温风已吹过。

我们何必白白地

挂在枝头等变黄？

最好不过和它们

一道随着风儿扬！

狂风啊，狂风啊，

你快来，快快来！

快把我们从

讨厌的枝上扯下来！

快快扯吧快快吹，

我们不愿多等待，

狂风你飞吧，飞吧，

我们一道快离开！

1830 年

阿尔卑斯

透过夜的蓝色的昏暗，
阿尔卑斯雪峰在眺望。
它们毫无生气的眼睛，
透出冰冷可怕的寒光。
一直到朝霞升起之前，
都在雾中威严地打盹，
就像一群死去的帝王，
威风不减，震慑人心！

可只要东方微微泛红，
便收起了恐怖的面孔，
看那群峰之中的长兄，
率先在空中通体晶莹，
随后光线便从那顶峰，
向着下面的峰峦奔涌，

瞧，这复活的一家子，

正在金光里闪烁辉映！

1830 年

"我记得，这一天对于我……"

我记得，这一天对于我
曾经是我的生命的晨光，
她默默地站在我的面前，
胸脯有如那起伏的波浪，
两颊就像绯红的霞光，
燃烧得越来越炽热滚烫，
突然间，像初升的太阳，
那闪着金光的爱的表白
迸出了她的胸膛……
我见到了一个新的世界！

1830 年

被污染的空气 [1]

我爱这上帝的愤怒！我爱这无形的
又神秘莫测的"恶"，它无处不在——
在鲜花中，在玻璃般透明的喷泉里，
在彩虹的光芒中，在罗马的天空里。
头上依然是一片深远晴朗的天空，
胸脯依然呼吸得那么甜蜜、舒畅，
温和的风依然舞弄着树梢的倩影，
玫瑰依然芬芳，但这全都是死亡！

这一切，谁又能够知晓，也许，
大自然中的色彩、声音和香味，
对于我们只是最后时辰的预兆，
只是对我们最后的痛苦的安慰。

1　原题为意大利语。

当大地的儿孙们被唤到人世间，

那命运之神的注定不幸的使者，

便用这轻盈的面纱把自己遮盖，

好隐藏起它那恐怖一击的到来！

1830 年

西塞罗 [1]

在国家的危难和风暴之中，
这位罗马的雄辩家如是说：
"我起来奋斗已太迟太晚，
才上路就碰上罗马的黑夜！"
你送别了罗马光荣的白昼，
但是从那卡皮托利山坡 [2] 上，
你却看见了那伟大的一幕：
血色的罗马之星怎样陨落！

谁在致命的紧要关头出世，
那他将会是一个幸运的人！
所有好运都向他发出召唤，

---

1 西塞罗，古罗马政治家、雄辩家。
2 卡皮托利，位于罗马城中心的一座山坡，其上建有神殿。

仿佛是在邀请他光临酒宴！
他会目睹庄严崇高的景象，
他会被允许提出他的创见——
好像一位高居天国的神灵，
饮着命运之神的琼浆玉液！

1830 年

"在一堆炽热的灰烬上"

在一堆炽热的灰烬上，
烧尽的手稿青烟缕缕，
隐蔽起来的哑然的火，
吞食着诗行和词语。

我的生命就这样忧伤地阴燃，
一刻刻地像烟一样飞逝，
我的生命就这样渐渐地熄灭，
以不可忍受的单调方式！

天啊，如果这火焰能按我的
意志燃烧，哪怕只有一回，
而不受更长时间的折磨，
那我就闪耀一下——然后就灭熄！

1830 年

春　潮

田野中的白雪还在闪耀，
而春潮就已在四处喧闹，
它奔跑着，唤醒沉睡的岸，
它奔跑着，在闪耀，在喊叫……

它向四面八方宣布：
"春天来了，春天来了!
我们是新春的信使，
她派我们前来报告。"

春天来了，春天来了!
明媚的温暖的五月到了。
跟随着春潮的脚步，
欢快的轮舞跳起来了!

1830 年

要沉默 [1]

要沉默，要隐蔽和藏匿

自己的情感和理想，

让它们在你的心底，

像夜空的星星一样

悄悄地升起和沉落——

去欣赏它们吧——要沉默！

你如何把心声吐诉？

别人又会怎样理解你？

他能知道你为何而活？

说出来的思想都是虚假的。

掘出你内心的泉水——

你自己饮用吧——要沉默！

---

1 原题为拉丁文。

要学会只生活在内心里——
你心中有一个完整的世界，
一个隐秘而又迷人的天地；
外面的喧嚣把它掩盖，
白昼的光会把它搅乱——
用心听它的歌声吧——要沉默！

1830 年

"就像阿伽门农……" [1]

就像阿伽门农把女儿
作为祭品奉献给神灵，
请求怒气冲冲的苍天
赐予他的船队以顺风 [2]——
我们也把对于悲惨的
华沙的不幸打击完成，
用这血的代价买得了
俄罗斯的完整和安宁。

但奴隶之手编织成的
可耻的花环却被丢落！
不是为专制的古兰经，

1　此诗的写作与 1831 年 8 月 26 日俄攻占华沙之后的反俄运动相关。
2　典出荷马史诗《伊利亚特》，阿伽门农是史诗的主人公之一。

俄罗斯的血才流成河！

不！不是宝剑的饥渴，

不是土耳其式的暴力，

不是刽子手们的压迫，

把我们引入这场战斗！

在俄罗斯胸中跳动的

是另一种思想和信念！

以解救危难的风暴，

去维护大国的完整，

斯拉夫亲密的家族

在俄罗斯旗帜下聚拢，

以战斗去实现去完成

志同道合的启蒙的功勋。

就是这最崇高的意识

引导我们英勇的人民——

它勇敢地捍卫着自己

路线方向的正确神圣。

它感到在自己的头顶，

在那深不可见的高空，

有一颗星在照耀指引，
它向着那隐秘的目标迈进！

你，被兄弟的箭射中，
你倒下了，同族的鹰，
接受了那命运的判决，
倒在净化了的篝火中！
相信俄罗斯人民的话：
我们会神圣地保护你的灰烬，
而我们共同的自由会像
不死鸟一样在灰烬中再生。

1831 年

夜的沉思 [1]

你们可怜我，不幸的星星！
你们这样美丽，这样明亮地燃烧，
你们乐意为航海家指引道路，
并不指望上帝和人的回报，
你不知道爱——永远都不知道！

时间女神马不停蹄地带引
我们穿过漫漫无尽的夜空，
啊！你们已走完了多少路程，
而在那时，我在温柔的怀抱里
多么甜蜜地忘记了子夜和你们。

1832 年

1　此诗系歌德诗作的移译。

春天的安慰 [1]

啊，不要把我平放入
潮湿的地下——
把我剪开，分放入
茂密的草中！

让微风的呼吸
轻轻拂动青草，
芦笛在远方歌唱，
明净的白云安详地
在我的上空慢慢游荡！

1832 年

---

1 此诗系德语诗人乌兰德诗作的移译。

"在高大的人类之树上" [1]

在高大的人类之树上，

你是它的一片美好的叶子，

它最纯洁的液汁把你哺乳，

最明净的阳光催你成熟。

你在它身上发出和谐的颤动，

感应着它那伟大灵魂的节律。

你像先知一样和雷电交谈，

或者是愉快地与轻风嬉戏。

不是迟来的旋风，不是夏日的暴雨，

把你从生你长你的枝桠上吹下打落，

1　此诗为歌德逝世而作。

比许多人长寿，也要比许多人完美，

就像一朵花，你自己从花环上脱落[1]！

1832 年

1　歌德以 83 岁的高龄在躺椅上安然去世。

有　赠

你的唇上带着亲切的笑意，
你少女的面颊上红晕飘拂，
你的目光有如火星般闪烁——
一切都充满着青春的诱惑……
啊，这目光激起热情之火，
给爱情插上了轻盈的翅膀，
它神奇的威力把一切征服，
让心灵甘当它美妙的俘虏。

1833 年

114

难 题 [1]

一块石头从山上滚下，躺在山底，
至今无人知道它是怎样掉下来的。
它的坠落可是出于自己的意志？
或者是被一只有思想的手抛弃？
时间一世纪一世纪地过去：
竟没有人能解答这个难题！

1833 年

1　原题为法文。

行吟诗人的竖琴

行吟诗人的竖琴！在被遗忘的一隅，
你在阴影和尘埃中长久地安睡。
掠过你那个孤独的角落的
只有月亮迷人的蓝色的光辉。
突然间在你弦上响起美妙的乐音，
就好像那激动不安的心儿的梦呓。

可是这月光朝你挥洒生命的气息？
抑或是它为你把过去的情景回忆——
在早已逝去的岁月，你的声音在这里
曾和少女们热情甜蜜的歌声一同响起？
还是直到如今，在这五彩缤纷的花园，
依旧滑过她们轻盈的看不见的步履？

1834 年

116

"我喜欢新教徒的祈祷仪式"

我喜欢新教徒的祈祷仪式
庄严、隆重而又简易——
空荡的房屋，光秃的墙壁，
我理解其中的高深的教义。

你可曾见过？当你们聚集在路边，
当信仰最后一次出现在你们面前：
她还没有一步跨出门槛，
可她的房子已经空空荡荡——

她还没有一步跨出门槛，
她身后的房门还没有关好……
可时间已到，快祈祷上天，
现在是你们最后一次祈祷。

1834 年

"从城市到城市"

从城市到城市，从乡村到乡村，
命运如同旋风一样席卷着人们，
它从不管你是高兴还是不高兴，
它需要的就是——前进，前进！

风儿给我们送来了熟悉的声音：
啊，别了，别了，最后的爱情……
我们身后是太多太多的泪水，
我们前面是一片一片的烟尘！

"回头看一下吧！停一停！
为什么要跑？要往哪儿奔？
爱情已落在了你的身后，
世上还有什么比它更加迷人？

"爱情已落在了你的身后，
你眼中泪水模糊，胸中充满痛苦……
啊，去怜悯一下自己的忧愁，
啊，去珍惜一下自己的幸福！

"回忆一下，去回忆一下
那多少个幸福的日日夜夜，
这一切对你是多么的亲切，
而你却要把它抛弃在路边！"

不要让时间唤起旧日的阴影，
这样每一分钟都会觉得沉重。
生活中越是充满着美好温存，
过去就会显得更加可怕阴森。

从城市到城市，从乡村到乡村，
命运如同旋风一样席卷着人们，
它全然不问你高兴还是不高兴，
它知道的就是——前进，前进！

1834—1836 年

"我记得那金色的时光"

我记得那金色的时光，

我记得那亲切的地方。

入暮时分，我俩独处岸边，

多瑙河在暮色中发出喧响。

远处有一座古堡的遗迹，

在那个小丘上泛出微光。

你站着，我的仙女 [1]，

依在长满青苔的花岗石上。

你用一只秀美纤细的脚

拨动着脚边的陈年石粒。

---

[1] 指克留杰涅尔。她是诗人的情人，当时她还未成婚。

太阳缓缓地向下沉落，
告别了小丘、古堡和你。

温柔的风儿悄悄吹过，
轻轻抚弄着你的衣裳，
又把野苹果树的花朵
撒落到你年轻的肩上。

你出神地眺望着远方……
天空渐暗，暮色苍茫。
白昼已去，幽暗的岸边
河水吟唱得更加响亮。

你无忧无虑，愉快欢欣，
送走了一天幸福的光阴。
甜蜜生活的飞影流阴，
匆匆地掠过我们头顶。

1836 年

海上的梦

海浪和风暴摇撼着我们的小舟，
昏昏欲睡的我听任波浪的摆布，
在我的梦中有两个无极的世界，
它们恣情纵意地把我玩弄不休。
四周的岩礁被冲击得轰响不绝，
狂风交相呼啸，海浪应和高歌，
我在这震耳欲聋的喧嚣中躺卧，
可我的梦却飞越过这一片混乱，
它是那样安谧迷人，光耀夺目，
在这轰隆隆的黑暗的上空飘过。
它的世界在温暖的光芒中显露——
大地碧绿苍翠，天空明亮清澈，
花园蜿蜒伸展，廊阁曲径通幽，
无声无息的人群如潮水般奔涌，
我认识了许多我不熟悉的人物，

我看到了许多神奇的生灵鸟兽，
我像上帝一样在云端闲游信步，
而世界在我的脚下静静地闪烁。
可是透过梦幻我听见了大海的
轰鸣，就好像听见巫师的号呼，
那奔腾怒号的波涛的浩浩泡沫，
便冲破了这个平静的幻梦王国。

1836 年

"不，大地母亲啊……"

不，大地母亲啊，我无法
掩饰我对你的深深的仰慕！
我是你的忠实的儿子，
不渴求那空幻的精神享乐。
那天国的欢娱，爱情和春光，
那五月的色彩纷呈的幸福，
那绯红的面颊，金色的梦幻，
这一切在你面前又算得了什么？

我只求整日随心所欲地
呼吸着春天温暖的空气，
或是在纯净而深远的天空
用目光追随着白云的踪迹，
或是漫无目的地在徜徉，
在路上有时会偶尔遇上

紫丁香的清新的香气，

或是光明璀璨的梦想……

1836 年

"暗绿色的花园在甜蜜地安睡"

暗绿色的花园在甜蜜地安睡，
蓝色的夜温柔地把它抱在怀里，
透过花繁叶茂的苹果树林，
金色的月亮甜蜜地照耀大地！

深邃的空中群星在闪烁不定，
就好像世界开创日那样神秘，
远方传来阵阵音乐的礼赞声，
而近处的泉水声却更为清晰……

帷幕盖上了白昼的世界，
运动已静止，劳作已歇息……
如同在树梢上，入睡的城市上空，
奇妙的夜的嘈杂声已经响起……

126

这不可思议的声音来自何方？
莫非是那可听不可见的无形世界，
那被梦幻解放的死的思想的世界，
此刻要涌向那个夜的混沌？

1836 年

"在闷热沉寂的空气之中"

在闷热沉寂的空气之中，
仿佛有雷雨欲来的征象：
玫瑰的香气越来越浓烈，
蜻蜓的嗡嗡声更加响亮……

听！从白色的云雾后面，
传来一阵阵沉闷的雷声，
飞速掠过的一道道闪电，
已在整个天空交错纵横……

仿佛是过于饱和的生命，
在这酷热的空气中流溢，
仿佛是神仙饮用的酒汁，
把血脉和神经烧灼麻醉！

姑娘啊姑娘，这是什么
使你年轻的胸脯激动起伏？
是什么使你发晕使你忧愁？
是什么使你眼里闪着泪珠？

是什么使你的脸颊变得苍白，
而不见那青春的火焰在燃烧？
是什么如此挤压着你的胸口？
是什么把你殷红的嘴唇烧焦？

透过那纤细柔软的睫毛，
开始渗出了两点眼泪……
或许那就是酝酿着的
雷电最早送来的雨滴？……

1836 年

"垂柳啊，为何你对着水波"

垂柳啊，为何你对着水波
频频弯下了自己的头？
为何你那颤抖的叶片
好似一张张贪婪的口
想捕获那湍急的水流？

你的每一片叶子
尽管在颤动，在苦恼，
可水流仍在哗哗奔跑，
阳光下，它悠闲、闪亮，
并且，它还在把你嘲笑……

1836 年

"黄昏，雾蒙蒙，雨绵绵……"

黄昏，雾蒙蒙，雨绵绵……
听，那不是云雀的歌声？
在这死一般静寂的迟暮，
你可是美好白昼的客人？
在这死一般静寂的迟暮，
你欢快、嘹亮而又清新，
仿佛那疯狂剧烈的笑声，
震撼了我的整个的内心！

1836 年

"灵柩已经放进墓茔"

灵柩已经放进墓茔，
众人都已聚集在墓地……
说话勉强，呼吸困难，
腐朽的气味令人窒息……

在掘开的墓穴的上方，
在放好的棺木的前头，
一位有名的博学的牧师
正在把祭词高声宣读。

他宣讲人生的短暂、
罪恶，还有基督的鲜血……
他把众人的心深深打动，
用睿智而又得体的语言……

可天空永远这样明净辽阔，

永远地凌驾于大地之上……

在蓝色的天空的深处，

鸟儿在飞翔，在歌唱……

1836 年

"东方发白……"

东方发白。帆船在行驶。
帆在欢快地发出喧响——
像被翻转过来的天空,
大海在我们下面歌唱……

东方泛红。帆船在祈祷。
从头上撩下罩单——
祷词在口中奔涌,
天空在眼中欢腾……

东方发怒。帆船在弯腰。
闪光的颈在收缩——
沿着洁白无邪的面颊
淌着愤怒的泪珠……

1836 年

"像小鸟一样猛地一抖"

像小鸟一样猛地一抖，
这个世界被朝霞唤醒。
唉，只有我头上的
美妙的梦还没有被搅动！
尽管早晨的清新已流进
我的蓬乱的头发之中，
可我感觉我身上还笼罩着
昨日的炎热，昨日的灰尘！

啊，这新的燃烧的白昼的
喧哗、骚动和呐喊对于我
是多么地刺耳和粗俗，
又是多么地令人厌恶！
你看它的光是多么赤红，
简直是在把我的眼睛烧灼！

夜啊，你的帷幕在哪里？
还有你的幽暗，你的露珠？

你们，度过自己光阴的
过去了的一代的残片碎影！
你们在抱怨，你们在责备，
这既不公正但又公正！
我整个身心疲惫不堪，
犹如半睡不醒的忧郁影子，
迎着太阳和运动，
跟着新的一代艰难前行！

1836 年

"灰蓝色的影子已混杂不清"

灰蓝色的影子已混杂不清，
色彩已退去，声音已消停——
生命和运动已不复存在，
对着茫茫黑暗和远方的轰鸣……
螟蛾的飞行已难以辨认，
只能在夜气中隐约可闻……
忧郁的时刻简直无法形容！
一切在我心中，我在一切之中！

宁静的黑暗，如梦的黑暗，
来吧，流进我心灵的深处吧，
宁静的疲惫的和芬芳的夜啊，
把一切都淹没，给一切以慰安！
让我的感受里满满地填入
那黑夜的忘乎所以的昏暗！

让我体味一下毁灭的情感！

让我融入那个无声的世界！

1836 年

"这个山谷多么荒凉"

这个山谷多么荒凉！
泉水朝着我潺潺流淌——
流向谷底，寻觅新的去向……
而我却要登上云杉挺立的地方。

就这样我登上了山顶，
坐在这里平静而又欢畅……
泉水，你匆匆地流向人世——
是否想体味一下人世的沧桑！

1836 年

"一只鸢从林中草地上腾起"

一只鸢从林中草地上腾起，
它盘旋着，向高天飞去，
越来越高，越来越远，
于是便隐没在遥远的天宇。

它有一双强劲灵巧的翅膀，
这是大自然母亲的恩惠。
而我在这里，汗水淋淋，风尘仆仆，
我，大地的主人，和大地连在一起！

1836 年

"在爬满葡萄藤的山冈上"

在爬满葡萄藤的山冈上，
金色的云朵在缓缓飘游。
昏暗的河流在下方喧响，
涌动着阵阵绿色的波浪。
目光从河谷向上面移动，
一直升到那高高的峰峦，
在山顶的边缘可以看见
一座灿烂的圆形的宫殿。

那是一个非人间的居处，
在那里没有死亡的住所，
那里如流水奔涌的云气，
更加轻盈、清新又空漠。
声音一飘到那里就止息，
只能听见自然生命之音，

有一种欢乐的气氛飘逸，

如同礼拜日的那种静谧。

1836 年

"禁锢的河水不再透亮"

禁锢的河水不再透亮，
它隐藏在坚硬的冰下，
在那僵冷的冰层下面，
色彩消失，声音喑哑——
严寒不能禁锢的只有
那源泉的不死的生命——
它仍然在潺潺地流淌，
惊扰那死一般的沉静。

被生活的严寒扼杀的
孤苦的胸中也是这样：
欢乐的青春不再流动，
欢腾的时光不再闪亮，
可在冷漠的外表之下
还有生命，还有幽怨——

有时还能清楚地听见

生命之泉的絮絮细语。

　　　　　　　　　　　　　1836 年

"午夜的大风啊……"

午夜的大风啊,你在悲号什么?
你这样疯狂地抱怨着什么?
你的可怕的声音,时而哀怨,
时而咆哮,到底意味着什么?
你在用心灵能够理解的语言
倾诉着那不可理解的痛苦——
有时候,从那里面迸发出的
声音竟充满了疯狂和暴怒!

啊,请不要唱着这可怕的歌,
不要唱那远古混沌的始源!
那夜间的魂灵世界正贪婪地
谛听着这令它喜爱的传说!
它就要从死寂的胸中挣脱出来,
渴求与那个无极的宇宙交融!

啊，不要唤醒沉睡的风暴——

要知道它下面蠕动着一片混沌！

1836 年

"心灵渴望变成星星"

心灵渴望变成星星，
但不是在那黑夜间——
像闪着蓝光的活灵的眼睛，
眺望着那个梦一般的世界。

可要是在白昼，当烟一般的
阳光把它们全都覆盖、隐藏，
它们在那看不见的明净的太空，
就像神灵一样闪耀得更加明亮。

1836 年

"我的心——灵魂的乐土"

我的心——灵魂的乐土，
我缄默、光明而又美丽的天堂，
它与一切无关，不论是这狂暴
年代的意志，还是快乐和忧伤。

我的心，它是灵魂的乐土，
生命和你之间有什么难舍难分？
你们已逝去的美好时光的幻影，
不就是这无知无觉的一群？

1836 年

"蜿蜒的群山……"

蜿蜒的群山一直
伸向明亮的远方，
多瑙河的永恒之流
正在不息地流淌。

据说，在远古时候，
每逢蓝色的夜晚，
菲亚[1] 仙子的轮舞队
便随着水波盘旋。

月亮从山上下来，
倾听波浪的歌唱，
骑士城堡注视着它们，

1　参见《A.H.M.》一诗注释。

用那甜蜜而惊奇的目光。

被拘禁的孤独的
火光从古老的塔楼上，
用它的神圣之火
和波浪交换眼光。

掠过一排排的波浪，
星星把它们窥看，
而后又同自己的伙伴
继续悄无声息地交谈。

墙上的守卫战士
把祖传的盔甲披挂在身，
像在梦中一样迷恋地倾听
那来自远方的嘈杂声。

还未从沉思中苏醒，
声音已更加清晰、迫近，
隆隆声打断了他的祈祷，
他又继续着自己的夜巡。

岁月带走了一切，

一切都已无影无踪——

多瑙河啊，命运改变着你，

如今轮船在你上面来去匆匆……

1836 年

"我独自坐着沉思冥想"

我独自坐着沉思冥想，
面对着快要熄灭的炉膛，
　　我含泪凝望……
我满怀忧愁，把过去回忆，
怎样的语言能表达我的悲戚？
　　我无法寻觅。

过去——何时曾经拥有？
现在——将来也是依旧？
　　时光绝不停留——
它飞驰着，如同过去的岁月，
正沉没到黑暗的深渊，
　　一年又一年。

一年又一年，一代又一代……

人们总是这样愤慨

　　这大地上的草芥，
它迅速地凋谢，死亡，
可每年夏天新的绿叶
　　又重新生长。

有过的一切都会重新生长，
玫瑰花也将会重新开放，
　　荆棘也是一样……
而你，我可怜的白色花，
你可是再也不能复生，
　　再也不能吐艳！

你被我的手采下，
是因为喜悦还是苦恼，
　　只有上帝知道！
我把你留在胸口上，
趁着她最后的爱情
　　还没有死亡。

　　　　　　　　　　1836 年

"难怪冬天会怒容满面"

难怪冬天会怒容满面，
因为它的日子已完——
春天正在敲打着窗户，
要把它赶出庭院。

一切都在忙忙碌碌，
一切都在驱赶冬天——
云雀已把清脆的铃铛，
挂在那高高的云端。

冬天也在四处张罗，
对着春天不停咆哮，
春天望着它哈哈笑，
声调比它的还要高……

凶恶的巫婆怒不可遏，
她拼命地抓起雪球，
向这美丽的孩子砸去，
然后就仓皇地开溜……

春天刚好有点发热，
索性在雪中洗个澡。
她的面颊更加红润，
真是出乎敌手的意料。

1836 年

喷　泉

瞧，明亮的喷泉在飞腾，
像一团活蹦乱跳的云团。
它那湿漉漉的烟雾，
在阳光中闪烁、飞舞。
它的光一直向空中升去，
一旦触到那渴慕的高度，
便又像五彩的尘埃一样
注定要向大地上洒落。

人的命定的思想的喷泉啊，
你无穷无尽，永不枯竭！
是什么样的不可解的法则
使你奔涌，使你飞旋？
你多么渴望冲向高天！……
可一只无形的宿命的巨手，

却突然折断你执著的光芒，

把你从高处打成水沫洒落。

1836 年

"山谷中明亮的积雪在闪亮"

山谷中明亮的积雪在闪亮——
雪会溶化,雪会消亡。
山谷中春天的芳草在闪亮——
草会枯萎,草会死亡。

可是在那高高的雪峰,
它们就能够永葆洁白银光?
你看此刻朝霞正把鲜艳的
玫瑰撒播在它们身上!……

1836 年

"大自然不像你们想象的那样"

大自然不像你们想象的那样：

它不是一个没有灵魂的模型——

它也有心灵，它也有自由，

它也有语言，它也有爱情……

……

……

……

……[1]

你们看那树上的叶子和花朵，

难道它们是花匠的制作？

---

1 本诗首次在《现代人》杂志上发表时，第二、四两节被检查官删掉。

你们再看母体内成熟的果实，
难道它们是外力作用的结果？

……
……
……
……

在这混沌般的世界中，
它们不能看也不能听，
对它们来说，太阳不会呼吸，
大海的波浪中也不会有生命。

阳光不会照射进它们的心中，
春天也不会在它们胸中降临，
在它们看来，树林不会说话，
夜间星空中也只是一片寂静。

须知河流喧闹，树林絮语，
用的是它们自己特殊的语汇，
而雷电在夜间亲切交谈，
并不会同它们进行商议。

可是这并非它们的罪过：
它们本来就是聋哑的生命！
唉！大地母亲自己的声音
当不会惊扰它们的心灵！

1836 年

"大地上还是满目苍凉"

大地上还是满目苍凉，

空气中已有春天的芬芳，

枯萎的茎秆在田野上摇曳，

云杉的枝条还在颤抖不停。

大自然还没有苏醒，

可透过正在消散的梦，

它感到了春天的来临，

看，它脸上露出了笑容……

心儿啊，心儿啊，你还在沉睡……

可突然间是什么使你激动万分？

是什么把你的梦抚摸、亲吻？

是什么把你的理想镀上黄金？

大块大块的雪在闪耀、消融，

蓝天在辉映，热血在沸腾……

是那春天的妩媚，

还是那女人的爱情？

1836 年

"你的眼睛里没有情意"

你的眼睛里没有情意，
你的言辞中没有真理，
你的胸中失去了精神。

心啊，鼓起勇气到底：
创造中——没有上帝！
祈祷中——没有理性！

1836 年

"我的朋友，我爱你的明眸"

我的朋友，我爱你的明眸，

当你忽然把它们扬起，

闪耀着热烈而奇异的光辉，

像空中的闪电一样

急速地打量着周围……

可这样的眼睛却更有魅力：

在那热烈的拥吻瞬息，

当它们垂得低低，

透过那低垂的睫毛，

淡淡含愁的希望之火在战栗……

1836 年

"昨夜弥漫着迷人的幻影"

昨夜弥漫着迷人的幻影,
当月亮的最后一缕清辉
疲惫地照着你的眼睛,
你这才迟迟地走进梦里。

你的四周是一片沉静,
黑夜的眉头也越蹙越紧,
你均匀平和的呼吸声,
在静谧中听得越来越清。

可是透过轻盈的窗帷,
黑夜的幽暗却未久久流连,
你那一缕飘拂的梦的鬈发
便开始与无形的幻影游玩。

于是，就像一阵轻风，
缓缓地、静静地吹过，
是谁忽然飘进了窗户，
它轻如烟雾，洁如百合。

它无形体，也无影像，
在微亮的地毯上飞奔，
你看它一面撩起被子
一面又沿着被边攀登——

它像蛇一样弯弯曲曲，
一下子爬到了床上，
它像丝带一样轻软，
在帐帘之间盘旋飘荡……

突然间那团活泼的光焰，
触摸到你那少女的胸怀，
你发出一声羞涩的尖叫，
睫毛上的轻纱就被揭开！

1836 年

一八三七年一月二十九日 [1]

是谁的手射出致命的铅弹，
击中了诗人的高贵的胸膛？
是谁摧毁了这神奇的金觥，
竟像摔破一个易碎的杯盏？
面对着我们人世间的真理，
且不说他是无辜还是有罪，
上天之手将在他身上烙下
永久的"刺杀王者"的印记。

可是，你，突然间过早地
从世间被黑暗的深渊吞没，
你安息吧，你诗人的灵魂，
愿你在光明的世界里安息！

---

1 此诗为纪念普希金之死而作。

不管世人对于你怎样妄论，
你的命运是这样伟大神圣！
你是上天神灵们的管风琴，
可滚烫的血在你身上奔腾。

你以你身上的高贵的热血，
实现了对荣誉的热烈渴望——
你静静地长眠了，民众把
那苦难的大旗盖在你身上，
谁听得见热血的奔腾激荡，
就让谁去审判那魑魅魍魉……
就像铭记自己的初恋一样，
俄罗斯心中不会把你遗忘！

1837 年

意大利别墅

告别日常生活的嘈杂喧哗，
小小柏树林把它自身护卫——
用那安乐怡人的浓郁阴影，
它在这美好的时光里安睡。

已有两个世纪之多的岁月，
神奇的梦幻把它团团围住，
安睡在鲜花盛开的谷地里，
向往着外面的天空的自由。

在这里天空如此善待大地！
那温暖的南方的冬天常常
如梦幻一般在它上面吹拂，
不用自己的翅膀把它损伤。

喷泉依然在角隅絮絮细语，
风儿依然在楼底阁下飘零，
燕子在飞舞着，唧唧直叫，
它在安然入睡，梦正深沉！

我们来了。一切这样平静！
仿佛从来都是这样的安详！
喷泉在低语，邻近的柏树
静静地端庄地面对着门窗。

突然一切都开始骚动不安：
颤抖沿着柏树的枝头传播，
喷泉不语——好像有一种
奇妙的声音从梦里面飘出。

这是谁？一位朋友？还是
那别有用心的邪恶的生命？
唉！那时好斗的它已越过
门槛正向着我们疾驶飞奔。

1837 年

171

一八三七年十二月一日 [1]

好吧，命中注定就在这里，
让我们最后道一声珍重……
别了，我的心赖以生存的一切，
别了，那折磨你的生命的
已在你心中燃尽了的一切！

别了……也许在多少年以后，
你将会忆起这个角落，这个海岸，
这里充满炽热的阳光，永恒的闪亮，
不败的花朵，还有迟开的白玫瑰的
芬芳在十二月的空气中飘逸荡漾。

1837 年

1　此诗写于意大利的热那亚，这一年十二月一日是诗人与他的情人
A.Φ.克留杰涅尔诀别的日子。

"曾几何时……"

曾几何时，啊，在幸福的南方，
曾几何时，我与你面对着面——
你可是像敞开的伊甸园，
让我这个游子举步欲前？
尽管我还没有心醉神迷——
可心儿却被新的情感侵占——
对着面前的伟大的地中海，
我凝神倾听它波浪的歌声！

它们的歌像古时候一样
充满着美妙和谐的音律，
当年光彩夺人的维纳斯，
从它们的怀抱一跃而起 [1]……
如今它们仍和以往一样——

1　传说爱与美之神维纳斯在海浪的泡沫中诞生。

173

闪烁不定，又轰鸣不息。
在它们蓝色的平川之上，
神灵的幻影正在游弋飘飞。

而我，却告别了你们——
我又被命运牵引到北方……
那北国铅色的天空
又重新压在我的头上……
这里，空气寒冷刺人，
山峰和峡谷都积雪茫茫——
严寒，这威力无比的巫婆，
在这里是统治一切的帝王。

但在那冰雪王国的外面，
在那里，在大地的边上，
在那金色的明亮的南方，
在这远处我还能把你遥望：
在阳光中你更加美丽动人，
更加蔚蓝，更加清新——
你的絮絮低语还更加优美，
它一直透进我的灵魂！

1837 年

"多么温存，多么迷人的忧愁"[1]

多么温存，多么迷人的忧愁，

你的目光，你热情的目光疲惫万分！

它里面已是一片虚空……虚空，

就像被天上的闪电烧得干干净净！

突然间，因过剩的爱意、饱和的感情，

一切都在泪花中颤动，你倒下不醒……

但那美好、天真和无忧无虑的梦，

很快地在你的柔顺的睫毛上降临——

你的头向着它的手上垂落，

它爱抚你，像温存的母亲……

---

1 此诗为谁而作，有两种意见：一种意见认为是为诗人的第一位妻子而
  作；另一种意见认为是为克留杰涅尔而作。

你的呻吟平息……呼吸均匀——
于是你的梦甜蜜而又平静。

而如今……啊，要是当时你梦见
未来将会属于我们两个人……
那你会被愿望充溢，号叫着醒来，
或许，你会转入到另外一个梦中。

1837 年（？）

"看，西方的天边上"

看，西方的天边上
燃起了晚霞的光焰，
渐暗的东方却穿上了
阴冷的灰色的鳞片。

它们之间可是有什么仇恨？
或是太阳并非它们的同一光源？
难道是这个不动的球体
把它们割裂而不是相联？

1838 年

春 天

不管命运之手如何沉重，
不管人们怎样被愚弄，
不管皱纹怎样爬上额头，
不管心里有多少创痛，
不管你所经受的考验
是怎样的残酷和严峻——
坚持下去，直到春天
那煦风般的脚步来临。

春天，她可不知有你们，
她可不知有痛苦有罪恶。
她的永恒之光总在闪耀，
没有皱纹爬上她的前额。
她只遵从她自己的法则，
到时候她就向你们飞去。

她就像上天的神灵一样，

明亮，幸福而又冷漠。

她把鲜花撒遍大地，

她像第一个春天那样鲜艳，

她不知道在她之前

还有没有过别的春天：

天空中云彩飘荡，

这云彩是属于她的。

以往的春天的踪迹，

她从来都不去寻觅。

玫瑰不为过去叹息悲伤，

夜莺到晚上就开始歌唱，

阿芙乐尔芬芳的泪水[1]

从不为过去的日子流淌。

那不可避免的死亡的恐惧

并不会使树上的叶子惊慌。

它们的生命之杯都斟得满满，

一如那浩渺泛滥的海洋。

——————————

1 阿芙乐尔，古罗马神话中的司晨女神，她的眼泪即朝霞。

生命的欢乐和牺牲如此普在！
来吧，乐观而又自信的生命，
快抛却那感情的欺骗和捉弄，
快投入生气勃勃的大海之中，
让它那轻盈的水流
洗涤饱经忧患的心胸——
既然这世间的每一瞬息，
对所有生命都一样公平！

1838 年

白昼和黑夜

按照上帝的崇高意愿，
用一面金线绣成的锦缎，
盖上那神秘的世界，
蒙住那无名的深渊。
白昼啊，你这金色的帷幕，
你给人世带来欢乐，
你医治病痛的心灵，
你是人和神的朋友！

而当白昼渐渐暗淡——
黑夜就开始到来，
它来自那命定不幸的世界，
它把这美好的锦缎撕下、抛开……
无底的深渊在我们面前
袒露出它的恐怖和黑暗。

而我们和它之间没有任何遮拦——

于是我们就这样害怕夜晚!

1839 年

"你别相信诗人，姑娘"

你别相信诗人，姑娘，
你不要把他引为知己——
诗人的爱情令人害怕，
更甚于火一般的怒气。

你那幼稚单纯的灵魂
还不能把握住他的心，
你那薄薄的处女的面纱
还挡不住那燃烧的热情。

诗人强大，如同自然的伟力，
只是他总是无法控制住自己，
他头上的桂冠会不由自主地
把他那年轻的鬈发统统烧毁。

对他那些没有头脑的臣民，
他总是徒劳地谩骂或赞美，
他没有像蛇一样咬伤心灵，
但却像黄蜂一样把它吮吸。

诗人的双手是纯洁无瑕的，
他不会破坏你心中的圣地，
但他会在无意中窒息生命，
或者是把它抛到九霄云里。

1839 年

"啊，我恳求……" [1]

啊，我恳求，不要用

那高不可攀的赞扬，

去搅乱诗人的心！

去诱惑他的梦想！

他把一生都丢弃在人群中，

有时候他能为他们所理会，

我知道，诗人被人迷信，

可是他却很少为权威效力。

有时他会垂下头颅，

从世人的偶像前走过，

1　此诗为尼古拉一世之女玛丽娅·尼古拉耶娃（1819—1876）而作。

或者他站立在她们面前，
骄傲，胆怯而又惶惑。

但如果她们突然间
脱口说出生动的语言，
那女性特有的魅力，
便超越世间的一切。

她们优雅神奇的面容，
透露出无上的美丽，
这种美如同一种光芒，
闪耀着人性的魅力——

啊，他的心在燃烧！
他是怎样兴奋和感动！
就让他不善于效力吧——
他善于的是盲目尊崇！

1840 年

致冈卡 [1]

我们在离别中如何生活？

莫不是到了我们清醒的时候？

莫不是我们的亲人和朋友

都要相互伸出那告别的手？

我们曾是时代的盲人，

这是多么不幸的盲人，

我们曾经游荡、徘徊，

而最终各自流离四散。

而时常有这样的现象，

总免不了被我们碰上——

————————

1　冈卡（1791—1861），捷克学者和作家。

不止一次血流淌成河，
刀剑直刺亲人的胸膛。

疯狂的敌视的种子
带来膨胀百倍的结果：
灭绝的种族不止一个，
要么就是在他乡流落。

异教徒和外来汉
把我们分割得四处飘零：
这一些被德国人耍弄，
那一些被土耳其人蹂躏。

如今，在这个黑暗的夜，
在这布拉格的高地上，
英武的男儿用庄重的手
把黑暗中的灯塔点亮。

啊，这是怎样的辉光，
把所有的地方都照亮！
整个斯拉夫的世界
都出现在我们的前方！

神奇的白昼之光照耀着
高山，草原和海湾，
从涅瓦河到黑山，
从喀尔巴阡山到乌拉尔山。

华沙上空霞光璀璨，
基辅睁开了眼睛，
带有金顶的莫斯科的
上空传来一片欢腾声！

兄弟们的语言和声息
又重新被我们理解——
儿孙们将真正地看到
父兄们所梦想的一切！

1841 年

189

旗帜和语言 [1]

俄罗斯的旗帜，这救星的先驱，

浴着血色风暴，穿过熊熊战火，

指引着你走向永恒的胜利。

对你而言，在神圣同盟的历史里，

俄罗斯旗帜和俄罗斯语言就像兄弟

一样紧紧跟随，这有什么奇怪的？

1842 年

1　此诗是诗人写给同时代一位德国作家的。诗中的神圣同盟是指在反拿
　破仑战争中俄罗斯和德国结成的同盟。

"我站在涅瓦河上"

我站在涅瓦河上，
遥望伊萨科夫大教堂，
看它那金色的大圆顶
在冬雾的幽暗中闪光。

云朵胆怯地游动着，
缓缓升向冬天的夜空，
冻结的河面微微发白，
在这死一般的寂静中。

我忧伤地、默默地忆起
那阳光普照的地方，
迷人的热亚那的海湾，
此刻正沐浴着阳光……

北方啊，巫师的北方，
是我中了你的法术？
还是你的花岗石的
围墙真的把我困住？

啊，假如有一个精灵
在夜的昏暗中轻轻飞过，
那就快快把我带到那儿，
带到那温暖的南国……

1844 年

哥伦布

鲜花献给你，哥伦布！
你勇敢地绘制了地球的蓝图，
最后完成了命运未竟的事业。
你用神手扯下了那层帷幕——
从一望无际的茫茫迷雾里，
把一个我们从未见过的
和意想不到的新的世界，
带进了我们这个上帝的天地。

人的天才的智者，
自古以来都是凭着
自然的创造力量，
缔结血缘的联盟。
他说出了一句珍贵的话——
一个新的世界已经出现，

在那里，人们缔结联盟，

将永远依照语言的亲缘。

1844 年

大海和悬崖

翻腾不停，暴怒不已，
冲击不断，嘶鸣不息，
想触摸那天上的星星，
想越上那坚固的高地……
在那翻腾的大锅底下，
可是一种神奇的力量
把地狱之火熊熊燃起——
把那深渊倒转了过来，
让它的底部与天相对？

疯狂的波涛汹涌澎湃，
呼喊着嘶鸣着咆哮着，
接二连三、滚滚不断
扑打着那岸边的悬崖——
可悬崖平静而又骄傲，

又保持着清醒的头脑，
纹丝不动，始终如一，
与天地一起毫不动摇，
你挺立着，我们的巨人！

搏斗进行得越发疯狂，
已经到了致命的关头，
波涛又一次发出怒吼，
向巨大的花岗石猛冲，
可是它依然岿然不动，
疯狂的进攻又告失败，
破碎的巨浪只得倒退，
于是一片浑浊的泡沫，
在海面上无力地泛起……

你挺立着，强大的悬崖！
你等着吧，到那一天——
当轰鸣的波浪厌烦了
与你脚踵的无休争吵，
恶毒的玩笑令它疲劳，
它就会重新恢复平静——

不再发怒，不再打闹，

在你巨大的脚踵下面，

又是一片安息的波涛……

1848 年

"我还在受着折磨，为痛苦的愿望"¹

我还在受着折磨，为痛苦的愿望，

我还在把你追求，用我整个的心——

在模糊的朦胧的回忆中，

我还在捕捉着、捕捉着你的身影……

我忘不了你那温柔可爱的面容，

无论我走到哪里，它在我面前

永远是完美无缺、不可攀临，

就如同那夜空中闪烁的星星……

1848 年

1　此诗为诗人第一位妻子艾列昂诺拉·丘特切娃而作。她死于 1838 年
　　8 月 28 日。

"他多么热爱自己的故乡"[1]

他多么热爱自己的故乡——

那亲爱的萨瓦省的云杉!

它们的枝条在他的头上

发出了多么悦耳的喧哗!

它们的影子阴暗而雄伟,

它们的声音忧郁而感伤,

其中有一种甜蜜的思想,

令他沉醉,又令他遐想……

1848 年

1　此诗系丘特切夫读了法国诗人拉马丁（1790—1869）的《自白》一书
　　后有感而作。诗中的"他"即指拉马丁。

"什么能使智者引以为荣" [1]

什么能使智者引以为荣:
是德意志统一的巴比伦塔,
还是那法兰西暴力的
共和国奥妙费解的政体。

1848 年

1　此诗在一定程度上反映出丘特切夫对法国 1848 年革命的态度。

致一位俄罗斯女人

远离太阳和自然，

远离光明和艺术，

远离生活和爱情，

你的青春年华一闪即逝，

活生生的情感正在枯萎，

你的梦想正在消失……

在那荒僻的无名的角落，

在那无法寻觅到的土地，

你的生命在悄无声息地流去，

就像在暗淡迷茫的天空中，

在秋日无边无涯的雾霭里，

一缕云烟消散得无影无踪……

1848 年或 1849 年

201

"好像是烟柱在高处冉冉上升"

好像是烟柱在高处冉冉上升！

好像是影子在底下悄悄蔓延！

你对我说："这就是我们的生命，

你看，月光之中的烟一片暗淡

而这下面的影子又在躲避着烟……"

1848 年或 1849 年

"神圣的夜从天边升起"

神圣的夜从天边升起，

它像卷起一块金色的帷幕，

揭去这快乐的可爱的白昼，

无底的深渊就在眼前袒露。

外部世界像幻影一样消失，

而人，像无家可归的孤儿，

面对着这黑暗的深渊，

赤裸裸地无精打采地站着。

他自身的存在已被忘却，

思想已无主宰，智力早就丧失，

他唯有沉入深渊一般的心灵，

而外界已无任何寄托和支持……

一切明亮的和有活力的现象，

他都觉得好像是以往的梦幻……

那陌生的神秘莫测的黑暗，

在他眼中便是世代相传的遗产。

1848 年或 1849 年

"退退缩缩、畏畏葸葸……"

退退缩缩、畏畏葸葸……
太阳偷偷地打量着大地，
听，乌云后面雷声一响，
大地便把它的眉头皱起。

吹过一阵强劲的暖风，
带来远处的雷声和雨滴……
田野里绿油油的庄稼
雷雨前显得更加苍翠。

看，从乌云的后面
迸发一道蓝色的闪电，
明亮的飞舞着的火焰
给乌云镶上了金边。

雨点越来越密集，
旋风在地上扬起灰尘，
隆隆作响的雷声
也越发大胆、凶狠。

太阳再次把眉皱起，
探出头来望着田野，
整个零乱的大地
沉进了它的光辉。

1849 年

"就这样，我又和您见面了"

就这样，我又和您见面了，

这地方令人生厌，即使它是故乡。

在这儿我曾有过初次思索和感受，

如今在这儿我的童年的岁月，

正借着黄昏时分微弱的余光，

用那迷茫的眼睛在把我打量。

啊，你这可怜的虚幻而又模糊的幽灵，

被遗忘的神秘而又幸福的幽灵！

啊，如今我失去了同情和信念，

我注视着你，我的瞬间的客人，

你在我的眼里显得多么的出奇，

就像我那死在襁褓里的小弟弟……

唉，不是这里，不是这无人迹的地方，

这不是那使我的心感到亲切的故乡——

这里没有盛开的鲜花,这里没有

赞颂青春的盛大而又奇妙的佳节。

唉,在这片土地里,我没有投入

我赖以生存的、我所珍惜的一切! [1]

1849 年 6 月 13 日于奥甫斯土格 [2]

1　这最后两行诗表达了诗人对死去的第一位妻子的怀念。

2　奥甫斯土格,位于奥廖尔省,是诗人的故乡。

"在夏末宁静的晚上"

在夏末宁静的晚上，
星星微微泛出红色，
在朦胧的星光下面，
庄稼正在悄悄地成熟……
那金黄色的麦浪
披上了月亮的银光，
昏昏欲睡，无声无息，
在寂静的夜中闪亮。

1849 年

"当我们身处致命的忧虑之中"

当我们身处致命的忧虑之中,

一切都令人厌恶——而生活,

就像一堆石块压在我们身上——

突然,不知道从哪一个角落,

瞬间的欢乐飘来,拥抱我们,

于是可怕的负荷便暂时解脱。

正像秋日里的某些时光,

当树木凋零,田野空荡,

当天空灰白,山谷荒凉,

突然一阵温暖湿润的风吹来,

把枯黄的树叶刮得四处飘扬,

就像给我们的心带来了春光……

1849 年

"在蔚蓝的大海的平原上"

在蔚蓝的大海的平原上，
我们踏出一条笔直的路——
一条喷火的、狂暴的海蛇，
带着我们踏上茫茫旅途。

天上的星星照耀着我们，
下面的波浪在冒着火星，
它用潮湿尘埃的旋风，
不断地拍打着我们。

我们坐在甲板上，
许多人已经沉入梦乡……
汽轮唱得越来越欢，
螺旋桨声越来越亮。

我们快乐的一群安静下来，
女人们也不再谈话和喧响，
她们白皙的肘支撑着
多少亲切温存的遐想。

在神奇的月光下，
梦儿在尽情地游戏，
大海用轻柔的波浪
把它拍打，把它抚慰。

1849 年

黎　明

雄鸡已不是第一次啼鸣，
这叫声活泼、有力而又神勇，
月亮在天空中已毫无生气，
博斯普鲁斯海峡上初露绯红。

晨钟还在沉默不语，
而东方已是一片霞光，
漫漫长夜已经过去，
光明的白昼就要临降。

起来吧，罗斯！时候已到！
起来吧，看在基督的分上！
难道还未到画起十字、
敲响帝都钟声的时光？

让晨祷的钟声四处传扬，
让整个东方充满它的音响，
它在把你唤醒，呼唤——
鼓起勇气，奋起反抗！

给胸膛披上信心的盔甲，
强大的勇士，上帝与你同在！
罗斯啊，伟大的基督教的
和东正教的日子就要到来！

1849 年

"我又看见了你的眼睛——"

我又看见了你的眼睛——

你那南方的眼睛的一瞥，

犹如基麦里人[1]忧郁的黑夜，

突然间驱散了我寒冷的梦……

在我的眼前又复活了

那个地方——那亲爱的地方——

仿佛祖先失去的领地

重又在儿孙面前闪亮……

秀美的月桂树微微摇曳，

拂动着恬静的空气，

大海轻轻的呼吸，

吹动了夏日的暑气，

---

1 基麦里人，古代居住在黑海北岸的游牧民族。

金色的葡萄在阳光下，

一天之间便能成熟，

而在大理石的拱廊下，

流传着多少神奇的传说……

像一场噩梦一样，

致命的北方已消隐，

在我的头顶上出现

那片清澈而美丽的苍穹，

我贪婪的眼睛重又饱览

那生机勃勃的辉光，

而在那纯净的光影中，

我认出了那神奇的地方。

1849 年（？）

216

"人的眼泪啊，人的眼泪"

人的眼泪啊，人的眼泪，

你流啊流，不论是早先还是往后……

你流啊流，无声无息，无人理会；

你流啊流，无休无止，无法算计；

你流啊流，像凄凉的秋日的雨水；

你流啊流，在这黑暗无边的夜里。

1849 年

拿破仑

1

你，革命的儿子，同你可怕的母亲

一道投入战争——如今已精疲力尽……

你那独断专行的天才无力把它克服！

不可实现的战争，徒劳无益的行径！

这一切都是你自己——在引火烧身……

2

为他效力的有两个恶魔，

他身上交汇着两种力量：

在他的胸膛中——蛇在缠绕，

在他的头脑里——鹰在翱翔……

鹰的英勇无畏的飞翔，

搏击长空，斗志昂扬，

蛇的智慧超常的算度，

坚定果敢，暴烈疯狂。

但是对于神圣的力量

他根本无法去接近和理解，

它没有把他的心灵照亮，

它没有降临到他的身上……

他属于尘世，而不是神火，

他，蔑视波浪，在大海遨游——

但是波浪下面的信念之石，

把他摇晃的独木舟劈成粉末。

3

你站立着——俄罗斯在你面前！

你这先知的魔师，以战争的预感

亲口说出了这样不祥的预言：

"劫数已定，俄国的命运不可逆转！"[1]

这咒语不是没有得到应验，

正是命运回答了你的呐喊[2]！

─────────────

1　此话见于拿破仑 1812 年 6 月 22 日进攻俄国时发布的命令。

2　指拿破仑兵败俄国。

但你用新的谜语，在流放中间

回驳了不祥的命运的一次挑战 [1]……

许多年过去了——你这个

从被囚禁的流放中回到祖国的死人，

在对你是如此亲切的塞纳河畔，

终于怀着不安长眠不醒……

可你梦中警醒，每夜焦虑不宁，

有时会爬起来，向东方 [2] 注目凝神，

有时又会突然惊恐地奔跑消隐，

好像是嗅到了黎明前的微风。

1850 年

1　拿破仑被囚于圣赫勒拿岛时说过："十五年后欧洲要么爆发革命，要
　　么落到哥萨克人手中。"
2　意即俄罗斯方向。

诗

当我们落入雷霆和烈火之中，
当我们陷入狂暴的激情之中，
当我们卷入激烈的纷争之中，
圣洁的她从天国向我们飞来——
对着尘世之子，她的眼睛里
闪耀一种明净的浅蓝色的光辉，
向着波涛翻滚的大海，
洒下使人平静的安慰。

1850 年

罗马之夜

蓝色的夜中罗马正在安睡，
月亮升起来了，向它倾泻清辉，
沉睡的人迹稀少的宏伟名城，
沉浸在它自己无声的光荣里……

在月光下面罗马睡得多么甜美！
这不朽的遗迹与月光多么亲密！
仿佛这月色与这夜城已经融为——
一个世界，神奇美妙但已衰颓！

1850 年

威尼斯 [1]

在天蓝色的微波之中
躺卧着自由的威尼斯，
一年一度，它的元首
作为新郎代表着皇室，
与自己的亚得里亚海
举行公开的订婚仪式。

无怪一个个世纪以来，
他向着这片海水里
投进了一只只戒指，
（人们对此不无惊奇）
神奇的镶嵌宝石的戒指，
令他们的长官迷惑不已……

———————

1　此诗系对威尼斯古老的"订婚"风俗的回忆。

爱情与和平，这美好的
一对积攒了许多光荣——
差不多有三四个世纪[1]，
那只雄狮的翅膀之影[2]，
越来越大，越来越宽，
甚至在整个世界蔓延。

而如今怎么样呢？
在那波涛之中有多少
抛弃的戒指被人忘却！
一代又一代人过去了——
这些订婚的戒指，
最终成为沉重的链条[3]！

1850 年

1　12—15 世纪是威尼斯的繁荣时期。

2　长有翅膀的雄狮系威尼斯保护者的象征。

3　1814—1866 年间威尼斯处于奥地利的统治之下。

"宴会终了……"

宴会终了，音乐停了，
盛酒的坛子空了，
篮筐子也翻倒了，
杯子里还有残酒，
头上的花已揉乱了——
只有香气还在空荡的
明亮的大厅里缭绕……
宴会完了，我们迟迟离开——
星光在天上闪烁，
此刻已是午夜……

在这骚乱的城市的上空，
在这宫殿、这房屋的上空，
响彻着街车的喧闹声，
闪动着暗红色的光影，

还有不眠人群的游动——
而在这山谷的雾霭之上，
在那高高的天空里，
纯净的星星在燃烧，
它以它圣洁的光芒
来回答芸芸众生的仰望……

1850 年

预言 [1]

不是喧闹的祈祷在人民中传扬，

流言蜚语不会起于我们的民族——

那是古老的天赐之声在回荡：

"第四个世纪已经结束——

它已过去——时钟正在敲响！"

在重新恢复的拜占庭，

又重现索菲亚教堂的拱顶，

基督的祭坛上又香火飘逸，

去顶礼膜拜吧，俄罗斯皇帝啊——

再作为整个斯拉夫的帝王站起！

1850 年

---

1 此诗首次发表于 1854 年。它的写作与拜占庭帝国倾覆四百周年（1453—
1853）相关。诗中提到的索菲亚教堂即君士坦丁堡的大教堂。

"上帝，请把一点欢乐……"

上帝，请把一点欢乐
给那个冒着酷暑的人，
看他像个可怜的乞丐
正在花园外蹒跚前行。

透过篱笆他向园中张望，
只见树阴郁郁，幽谷青青，
在那明媚茂盛的草地上，
那一片清凉他无法接近。

不是为了他，树木才张开
它那殷勤好客的荫覆，
不是为了他，喷泉在空中
悬挂起轻烟一般的水珠。

蓝色的岩洞像在云雾里
徒然地召唤着他的目光，
喷泉那如露一般的水珠
却不能给他丝毫的凉爽。

上帝，请把一点欢乐
给那个在小路上踯躅的人，
看他像个可怜的乞丐
正在花园外蹒跚前行。

1850 年

涅瓦河上

夜间星星又潜入
涅瓦河轻盈的微波，
爱情又向涅瓦河
献上自己神秘的小舟。

在星星和波浪之间，
小舟像在梦中飘荡，
它载着两个影子，
随波浪飘向远方。

是两个好游的孩子
在这儿消磨夜的悠闲?
还是一对快乐的人儿
想要离开人间?

你，这海波般的
轻轻翻滚的细浪，
请把这小舟的秘密
在你的怀抱中隐藏！

1850 年

"天气突变……"

天气突变，大风骤起，
河水变得浑浊、汹涌，
铅色的云盖住河面——
透过阴暗的朦胧，
暗紫色的黄昏
闪烁着七彩的霓虹。

金色的火星纷纷扬起，
燃烧的玫瑰悠悠落下，
河水便把它们席卷而去。
这是暴怒的燃烧的黄昏
在暗蓝色的水波上，
把自己的花冠撕扯、抛撒……

1850 年

"凋残的树林一片凄凉"

凋残的树林一片凄凉，
周身弥漫着睡眠的预感……
夏日的叶子已所剩不多，
闪耀着秋天金色的光芒，
还残留在枝头沙沙作响。

当从乌云后面漏下
一线闪电一般的阳光，
把斑驳陆离的树木
和残枝败叶突然照亮，
我不禁为之动情，为之感伤……

这正在凋零的生命多么可爱！
当它生气蓬勃的时候，
那对我们是一种怎样的美丽，

而现在它是这样的枯萎，

竟还带着最后一丝笑意！

1850 年

致 Е.П. 罗斯托奇娜伯爵夫人 [1]
——答她的来信

铺天盖地的雪下慵懒疲惫,

漫长的冬天使人心醉神迷,

幽灵的梦占据了我的脑海,

我在沉睡,但是神志清晰。

我真的听见,不是在梦里,

确实在我的头顶之上,

仿佛弥漫着春天的气息,

仿佛有人在把春天歌唱……

熟悉的声音,奇妙的声音,

有竖琴的音响,有女人的歌声……

1　此诗为女诗人 Е.П. 罗斯托奇娜而作。诗中提到的 "涅柳吉姆卡仙女的
　城堡" 是指女诗人的戏剧作品《涅柳吉姆卡》。

而我，一个酣睡的懒人，
竟在突然间不能作出反应……

我睡在沉重慵懒的枷锁里，
在长达八个月之久的严冬，
像一个虔诚的幽灵静默不动，
在注定不幸的冥河的黑暗中。

可不管这半死不活的梦
怎样沉重地压着我的头颅，
它本身就是强大的魔法师，
降临到我这里，把我拯救。

就是它为了我捕捉住了
那以往岁月的友好之情——
在那充满音乐的梦幻中
传来了我所熟悉的声音……

我仿佛透过烟尘看见了
神奇的花园，神奇的房屋，
在涅柳吉姆卡仙女的城堡里，
突然我们俩竟在一起漫步！

我们俩！——她的歌还在唱，

这歌声把粗鲁的无赖汉，

把庸俗无聊的献媚者，

赶出了我朝思暮想的门槛。

1850 年

"不管炎热的正午怎样……"[1]

不管炎热的正午怎样

向敞开的窗口逼近，

在这平静的屋子里，

一切都是那样幽静。

1　此诗系"杰尼西耶娃组诗"的第一首。关于"杰尼西耶娃组诗"一
共有多少首，在《丘特切夫诗全集》（列宁格勒 1957 年版）中并未注
明。根据《丘特切夫选集》（莫斯科 1986 年版）第 275 页注释，"杰尼
西耶娃组诗"共有 22 首，现按顺序排列如下：《"不管炎热的正午怎
样……"》《"啊，我们爱得多么致命"》《"你不止一次听见我的表白"》
《孪生子》《定数》《"不要说他还像从前那样爱我"》《"啊，不要用公正
的责备来惊扰我的心！"》《"你怀着爱情所祈祷的"》《"我熟识一双眼
睛"》《"你，我的大海的波涛"》《"太阳临空，波光辉映"》《最后的爱
情》《"火光红红，火焰熊熊"》《"北风静息了"》《"哦，尼斯！这明丽的
南方！"》《"她整天神志不清地躺着"》《"在我痛苦深重的生活里"》《"到
今天，朋友，十五年过去了"》《一八六四年八月四日周年纪念日前夜》
《"在那湿润的蔚蓝的天空"》《"没有一天心儿不疼痛"》和《我又站在
涅瓦河上》。

那儿生命的芬芳

正在阴影中飘逸，

而后慢慢地沉入

甜蜜朦胧的梦里。

这儿不知疲倦的喷泉

日夜都在角隅里吟唱，

它让那些无形的露珠

向着迷人的黑暗飞扬。

在朦胧不定的闪烁中，

充满一种神秘的热情。

这里有一位钟情的诗人，

正在做着一个轻盈的梦。

　　　　　　　　　　1850 年

"不要去谈论什么……"

不要去谈论什么，不要这样匆匆忙忙，

疯狂在四处寻觅，愚笨坐在审判台上，

白天的创伤夜间用梦去医治，

而那就要到来的明天又会是怎样？

活下去，就会感受一切：

忧愁、快乐和恐慌。

怜惜什么？又有什么值得悲伤？

日子一天天过着——得感谢上苍！

1850 年

两个声音

1

啊，朋友，鼓起勇气，奋发战斗，
即使力量悬殊，即使胜利无望！
你们的头上，星宿在高天沉默不语，
你们的脚下，坟墓——也不声不响。

就让奥林匹斯山上的诸神欢乐幸福：
他们是不朽的，不知道操劳和忧伤，
忧伤和操劳只属于芸芸众生的世人……
他们没有胜利，他们有的就是死亡。

2

鼓起勇气，奋发战斗，勇敢的朋友，
不论战斗有多么残酷，多么持久！

你们的头上，是一大群无言的星宿，
你们的脚下，是沉寂的荒凉的坟墓。

就让奥林匹斯山上的诸神用羡慕的
眼光观看着不屈不挠的心灵的搏斗。
谁仅仅被命运战胜而在战斗中倒下，
谁就能从神的手中夺走胜利的花冠。

1850 年

"看，在宽阔的河面上"

看，在宽阔的河面上，
随着已经苏醒的波浪，
冰块接二连三地漂游，
朝着包罗万象的海洋。

它们在阳光下面发亮，
或在幽暗的夜里闪耀，
但都不可避免地消融，
流向那个共同的目标。

大的和小的挤在一起，
早已失去原先的形体，
全像大自然一样冷漠——
终将汇集于命定的深渊里！

你啊，思维的崇拜者，

你这人类的"**我**"啊！

你的意义又有什么两样？

你的命运不也就是如此？

1851 年

新　叶

嫩叶泛绿了。
瞧，挺立的白桦树上
飘拂着那么多的嫩叶，
淡淡的、稀疏的绿，
半透明的，就像轻烟……

它们早就梦见了春天，
梦见了春天和盛夏——
而这活生生的梦想
在第一个蔚蓝的天空下
突然冒了出来，迎着阳光……

啊，美丽的新叶！
沐浴着春天阳光的
带着新的绿阴的新叶！

我们听得见你们的呼吸，

而在这漫漫丛林间，

竟找不着一片枯叶。

"啊，我们爱得多么致命"

啊，我们爱得多么致命，
在那狂暴热情的盲目中，
这真不如说是在把
我们心爱的人置于绝境！

才有多久？你曾得意洋洋，
还这样说："她属于我……"
一年不到——再看看吧，
你从她那儿拿去了什么？

她两颊上的玫瑰哪儿去了？
还有唇边的微笑和明眸？
全都消失了，烧尽了，
连同她那滚滚的热泪。

你可记得你们的相见，
那注定的不幸的初逢？
可记得她迷人的目光和谈吐，
还有洋溢着青春活力的笑声？

可现在呢？这一切都在哪里？
这场梦到底有多少时日？
唉，就像北国的夏天一样，
它只是一个短暂的过客。

对于她，你的爱情
是命运可怕的判决书，
是一桩不公正的耻辱，
把她的一生紧紧压住！

被唾弃的生活，痛苦的生活！
只是在她心灵的深处，
还保存着那美好的回忆……
可连它也把她遗弃。

人世在她已是一片荒蛮，
美好的一切已一去不返……

俗人们却蜂拥而来，
践踏着她心中的花环。

漫长的痛苦之中能有什么
灰烬一般的东西被她珍藏？
痛苦，残酷的凶恶的痛苦！
没有欢乐没有眼泪的痛苦！

啊，我们爱得多么致命，
在那狂暴热情的盲目中，
这真不如说是在把
我们心爱的人置于绝境！

1851 年（？）

我们的时代

如今，不是肉体而是精神在堕落，

而人，已陷入绝望，忧心忡忡……

他从黑夜的阴影中奔向光明，

一旦获得光明，却又抱怨声声。

失去了信仰，心灵枯竭，麻木不仁，

如今，他对不能容忍的也能容忍……

他认清自己正在走向毁灭，

渴望信仰……却又不去求助神灵……

无论他在被关闭的门前有多么悲伤，

他永远都不会热泪盈眶，不会求诉：

"放我进去吧——我的上帝！我信，

可是，我却是信不足，求主帮助！"[1]

1851 年

1 　此句见《新约·马可福音》第 9 章第 24 节。

波浪和思想

思想连着思想，波浪连着波浪，

两种不同表现，同一自然力量：

一个在有限的心胸，一个在无边的海洋，

这里——闭塞狭窄，那儿——广阔宽敞——

同样是永久的汹涌和平息，

同样是空虚的不安的幻象！

1851 年

"白昼的暑气还没有消退"

白昼的暑气还没有消退，

七月的夜就已降临大地……

在暗淡的大地上方，

天空中布满了雷雨，

闪电中一切都在颤栗……

仿佛是沉重的睫毛

从大地上空扬起，

透过急速的闪电，

是谁可怕的眼瞳

时而迸发出火焰……

1851 年

"离别中有高深的含义" [1]

离别中有高深的含义：

无论怎样爱着，一天，或者一世，

爱情都是一场梦，而梦就是一瞬，

或迟或早，总会清醒，

而人最终都该会睡醒……

1851 年

1　此诗见于诗人写给他第二位妻子 Э.Ф. 丘特切娃的信中。

"天色变暗，黑夜临近"

天色变暗，黑夜临近，
山峦拖着长长的阴影，
天上的云霞渐渐熄灭，
白昼正在悄悄地逃遁。

可我不害怕夜的幽暗，
也不为正在消隐的白昼惋惜，
只有你，我的迷人的幻影，
只有你没有把我抛弃！

请把你的翅膀给我安上，
请把我心中的激浪安抚，
对我沉醉迷离的灵魂
黑夜的阴影将是幸福。

你是谁？从哪儿来？

你是来自尘世还是天庭？

也许，你是一个飘渺的幻影，

但却有一颗女人的热情的心。

1851 年

"我不知道，美好的东西能否"

我不知道，美好的东西能否
触及我那病态的有罪的心灵？
它能否复活，并重新站起？
能否经受住精神昏厥的折腾？

但假如我的灵魂在这里，
在这人世间能找得到安宁，
那你就是上天对我的恩赐——
你，你，我的人间的幽灵！

1851 年

"夏天的狂风是多么快活"

夏天的狂风是多么快活，
扬起了地上的阵阵灰尘。
雷雨卷起乌云滚滚而来，
搅乱了那蔚蓝色的天空。
它冒冒失失、癫癫狂狂，
突然间猛力扑向橡树林，
整个树林都在不停颤抖，
宽阔的树叶发出了喧声！

就像被无形的脚踵踩着，
森林巨人也弯下了腰身。
它们的梢头不安地嘟囔，
好像在相互商量、议论——
透过这突如其来的惊恐，
传来了小鸟不绝的啼鸣，

不知从何处第一片枯叶

被卷起，正向路上飘零……

1851 年

"难怪仁慈的上帝……" [1]

难怪仁慈的上帝会
造就出胆怯的小鸟——
赐予它以敏感的胆怯，
作为危险可靠的担保。

与人亲近，对这可怜的
小家伙不会有什么好处，
与人越亲，就越近劫运——
免不了要落入他们之手……

你看小姑娘养大一只小鸟，
从鸟巢一直到长出了绒毛，
她给它喂食，抚养它长大，

1　此诗系诗人为他的女儿 Е.Ф. 丘特切娃而作。

不论是抚爱，还是操劳，

她从不怜惜，从不计较。

但你，小姑娘，不管你怎样

爱它，为它焦虑，被烈日烘烤，

那不容怀疑的一天将会来到，

你的小鸟将会在你手中死掉……

1851 年

"你不止一次听见我的表白"

你不止一次听见我的表白：
"我配不上你的爱情。"
即使她已经属于我——
但我在她面前是多么贫穷……

面对着你的爱情，
我痛苦地想到自己——
我默默地站在你面前，
我祝福你，崇拜你……

就像你有时那样深情，
满怀着信念和祈祷，
面对着那珍贵的摇篮，
不由自主地屈膝弯腰。

那儿睡着她——你的孩子，

你的没有父名的小天使[1]——

面对着你的一颗爱心，

请接收我的一片谦恭。

1851 年

---
1 在俄罗斯，非婚生子没有父名。

孪生子

有一对孪生子——对人而言
就是两位神灵——死和梦。
它们像兄弟姐妹一样相似——
可前者更阴郁，后者更温存……

但还有另一对孪生子——
世间没有比它们更美的一对，
没有哪种魅力比它们的更可怕，
更让心灵那样深深地战栗……

它们血肉相连并非偶然，
只是在注定不幸的日子里，
才以自己无法解开的秘密，
使我们为之心醉神迷。

当全身的血液时冷时热，

当过剩的感受要溢出心胸，

谁不曾受到过你们的诱惑——

孪生子啊——自杀和爱情！

1852 年

定　数

爱情啊爱情——据说，
那是心心相连——
是它们的统一、融合。
既是注定的生死与共，
又是注定的生死搏斗。

在这不均衡的搏斗中，
如果一颗心更为柔顺，
那它定然会更为忠诚，
爱、苦楚、忧伤麻木，
而最终便会痛不可忍……

1852 年

"不要说他还像从前那样爱我"

不要说他还像从前那样爱我，
不要说他还像从前那样珍惜我，
啊不！他是在残忍地杀害我，
尽管我看见刀在他手中颤抖。

时而怨恨不已，时而伤心落泪，
我爱恋着他，可心又受到伤害，
我不想活，但又只能为他而活——
这日子！……啊，它有多苦！

他为我小心地试探周围的气氛，
就是为恶徒人们也不会这样做……
唉，我还能痛苦而艰难地呼吸，
我能够呼吸，但我却不能够活。

1852 年

267

"啊，不要用公正的责备来惊扰我的心！"

啊，不要用公正的责备来惊扰我的心！
在被人羡慕的我俩中请相信你的命运：
你真诚而又热烈地爱着，而我——
我怀着嫉妒的苦恼，凝望着你的面影。

站立在我自己建造的神奇的世界面前，
我，可怜的魔法师，失去了信仰——
我感觉到满面通红，我竟然把
你活生生的灵魂视作无生命的偶像。

1852 年

"你怀着爱情所祈祷的"

你怀着爱情所祈祷的，
在你心中是一件圣物，
可命运把它交给世人，
任凭那流言将它凌辱。

一群人破门闯入了
你心中神圣的殿堂，
把秘密和牺牲窥视，
你不由得羞愧难当。

啊，但愿心灵有一双
飞越世人之上的翅膀，
让它能够早日脱离
无尽的俗人的罗网！

1852 年

"我熟识一双眼睛"

我熟识一双眼睛——啊，这双眼睛！
上帝知道——我多么爱它们！
我无法使自己的灵魂，
离开那迷人的热情的夜空。

在这不可思议的盼顾里，
生命把一切都袒露无遗，
那是怎样的一种痛苦，
那是怎样的一种深情！

在睫毛的浓郁的阴影下，
露出忧愁的深邃的明眸，
好像是一种疲惫的幸福，
又像是一种命定的痛苦。

而在这些美妙的瞬息，

我一次都不能使自己

与它们相遇，不激动万分；

把它们欣赏，不饱含泪水。

1852 年

"你，我的大海的波涛"

像大海一样反复无常 [1]

你，我的大海的波涛，
我的任性无羁的波涛，
像在安息，又像在嬉戏，
你的生命充满着奇妙！

有时你对着太阳微笑，
倒映出那高高的苍穹；
有时你又骚乱不安，
把这野性的深渊搅动。

你的呢喃使我感到甜蜜，
它里面充满温存和爱情，

1　原文为法文。

272

那暴怒的怨言我也能听懂，
它是一种预言性的呻吟。

即使在狂暴的自然中，
你时而阴沉，时而明朗，
但在你的蓝色的夜晚，
你要把捕获的东西珍藏。

我投进你胸膛之中的，
不是作为礼品的戒指；
我藏在你心脏之中的，
不是晶莹剔透的宝石。

不，在这命定的时分，
我迷恋于你神秘的美，
我把心，一颗活的心，
埋葬在那深深的海底。

1852 年

273

纪念茹科夫斯基

我见过你美丽动人的黄昏！
在我最后一次与你告别时，
我欣赏着它：那样安谧、明净，
上上下下都渗透着热情……
啊，诗人，你的告别之光
是怎样地在发热、辉映……
而就在那时，在它的黑夜，
显然已升起了一批新星……

他身上毫无虚伪，毫无矛盾，
他宽容一切，让一切共存。
他曾为我朗读过《奥德赛》，
满怀着虔诚和崇拜之情……
那是多么幸福辉煌的岁月，
我那天真幼稚的童年的光阴……
而在那时，星星都失去了光彩，

只有神秘暗淡的微光在空中颤动……

他的性情确实像鸽子一般纯洁。
在他身上洋溢着鸽子般的温顺，
即使对于奸诈邪恶的智谋
也不轻视，也能理解、容忍。
他使这纯洁的精神发展、巩固，
使它变得如此清澈而又明净。
他的灵魂达到了和谐的境地：
他和谐地生活，和谐地歌吟……

而这崇高的和谐的灵魂
主宰着他的生活，融入了他的作品，
他把它们遗交给激动不安的世界，
作为丰硕的果实，作为卓越的功勋……
世界是否得到了他、把他的价值认清？
我们能否做这样神圣的保证？
抑或是神灵还没有对我们说：
"诚实者对上帝说话只能用心灵！"[1]

1852 年

1　此句见俄文版《新约·马太福音》第 5 章第 8 节。该句在中文版译为："清心的人有福了，因为他们必得见上帝。"

"太阳临空，波光辉映"

太阳临空，波光辉映，
生机蓬勃，笑语盈盈；
树儿欢快地随风摇曳，
沐浴在一片蔚蓝之中。

树儿歌唱，水波闪亮，
空气温馨，爱意融融；
鲜花盛开的大自然，
到处都充满了生命。

可是在这狂欢极乐之中，
还没有哪一种欢乐可以
比得上你那受折磨的心，
发出的一丝动情的笑意……

1852 年

276

"冬天这个女巫施展魔法"

冬天这个女巫施展魔法，
迷住了树林，它呆立着，
呆立在白雪的流苏之下，
一动不动，一语不发，
闪耀着神奇的生命的光华。

瞧它中魔了，它呆立着——
没有死去，又不能复苏——
神奇的梦把它迷住，
那轻如绒毛的锁链
把它捆绑使它驯服……

冬天的太阳朝着它
投射出自己的斜辉，
可它竟无一丝颤栗，

它全身燃烧、闪烁，
展露出惊人的美丽。

1852 年

涅曼河

是你吗，雄伟的涅曼[1]？

我面前滚动的可就是你的波涛？

沐浴着如此的荣光，你这俄罗斯

忠实的哨兵在此守卫了多少年头？

你一直以你的守卫证明了

俄罗斯的国门坚实完整——

只有一次，按照上帝的旨意，

你把敌人放进了俄罗斯大门……

涅曼，你可记得当年的情景？

在那个命定的难忘的年头，

当他[2]站立在你的岸边，

1　涅曼河，流经白俄罗斯、立陶宛和俄罗斯，最后进入波罗的海。

2　他，指拿破仑。1812 年 6 月，拿破仑率军偷渡涅曼河成功，进入俄罗斯。

你和今天一样在不息地奔流，

在敌人架起的桥下喧腾鸣响，

这个强大而又年轻的恶魔，

可是用他那双神奇的眼睛

亲热地抚弄着你的微波？

他的大军胜利地一越而过，

一面面战旗在欢腾地飞扬，

刺刀在太阳的光辉中闪亮，

桥在大炮的下面吱吱作响，

而他，就仿佛是一位神灵，

在金戈铁马之上纵横翱翔，

他用他那双神奇的眼睛

支配一切，把一切凝望……

只有一个人他没有看见……

这个古怪的将领没有看见

在他的对方也站立着**另一个人**[1]——

这个人也在站立，在等待……

大军浩浩荡荡地向前行进——

_____

1　这"另一个人"是指率俄军打败拿破仑的俄军统帅库图佐夫将军。

个个威风，人人严峻。

而有一只难以躲避的**手**

将要在他们身上留下烙印……

大军就这样胜利地一越而过，

一面面战旗在空中高傲地飘扬，

刺刀的光亮就如同闪电一样，

隆隆的战鼓声在大地上飘荡——

他们的人数简直无法计算，

汹涌而来的队伍无穷无尽，

可其中只有十余个脑袋，

侥幸逃脱了这致命的烙印……

1853 年

最后的爱情

啊，当我们暮年将近，
我们爱得愈加温柔、虔诚……
照耀吧，照耀吧，告别之光，
你那黄昏的霞光，最后的爱情！

阴影笼罩着大半个天空，
只有西边的晚霞在缓缓游移，
推迟一下吧，夜的脚步，
延长一下吧，迷人的光辉！

即使血管中的血快要枯竭，
可心中的柔情却不会消亡，
啊你，最后的爱情啊！
你既使我幸福，又令我绝望。

1854 年

招魂术式的预言

斗争和胜利的日子将会到来，

罗斯[1]将会得到先人遗嘱的版图，

我们这个古老的莫斯科城，

将会成为三首府[2]的最新京都。

1853 年或 1854 年

---

1 罗斯，俄罗斯的古称。

2 三首府，按当年的说法是指莫斯科、圣彼得堡和君士坦丁堡。

一八五四年夏天

多么美好的夏天，多么奇妙！
简直是魔法师在施展幻术——
为何给我们展示这样的一幕，
这到底是因为什么缘故？

我用那惊恐不安的眼神
望着这闪光，这世界……
这是否在把我们嘲弄？
这问候又是从何而来？

唉，难道不是这样？
少女的嘴唇和眼睛的微笑，
已不能使垂暮的我们迷恋，
而只会使我们感到窘迫不安。

1854 年

284

无 题

唉，什么是比我们的无知
更为软弱和更为忧伤的？
经历过两三天苦难的深渊，
还有谁敢说出一声"永别"？

1854 年

"你现在还顾及不到诗歌" [1]

你现在还顾及不到诗歌，

俄罗斯祖国的语言啊！

庄稼成熟了，割麦人准备收割，

那非人间的时光就到了……

刀剑里面见真伪。

不是整个世界，而是整个地狱，

用一种天降的灭顶之灾

在对你进行威胁利诱……

所有的咒骂神的人

所有的不敬神的人，

1　此诗写在诗人的女儿 E.Ф. 丘特切娃的纪念册上。

都想把黑暗的王国建立，
却以光明和自由的名义！

他们打算把你俘虏，
他们预言你要蒙受耻辱——
你，该是属于更加美好的
未来的语言、生命和教育！

啊，在这严峻的考验中，
在最后的不幸的斗争里，
你不要改变自己，
你将在上帝面前证实无罪……

1854 年

"火光红红，火焰熊熊"

火光红红，火焰熊熊，
火星四射，火花飞腾，
而从小河后面幽暗的花园
一股股冷气朝着那边蔓延。
这里幽暗，那儿却是热浪，
而我仿佛在梦中游荡——
我清楚的只有一件事情：
你我及一切都在我心中。

火焰呼啸，浓烟迷茫，
光秃秃的树干上空空荡荡，
而在火焰不可企及的地方，
树叶依然飘荡，沙沙作响，
树叶的声息唤起我的思维，
我听见了你热情的话语……

上帝保佑，我和你在一起，

而和你在一起，就是在天堂。

1855 年

"从海洋到海洋"

从海洋到海洋，
电报线路连接通畅，
它有时对世人宣告
多少光荣，多少悲伤。

旅行者的目光
总是把它追随，
就像预卜的鸟儿
常常沿着电线停立。

一只乌鸦从林中草地
飞来，停落在电线上，
它哑哑直叫，快活地
扇动着它的翅膀。

它叫唤着，欢跳着，

一切都在它头上盘旋不停：

那乌鸦嗅到的可是

塞瓦斯托波尔电讯的血腥[1]？

1855 年

1　当时塞瓦斯托波尔城正处于战事之中。

"这些穷困的村庄"

这些穷困的村庄，
这贫瘠的自然，
长期忍辱负重的故土，
你，俄罗斯人民的家园！

异族人骄傲的目光
怎能理解、怎能发现
在你赤裸的身上，
隐隐地闪耀着光焰。

祖国啊，在你的大地上，
背负着十字架的上帝，
作为一个奴隶四处走遍，
他祝福你每一寸土地。

1855 年

"哦，我的未卜先知的灵魂"

哦，我的未卜先知的灵魂！
哦，我的充满惊恐的心，
好像是在两种生活的门槛上，
你是这样地跳个不停！

你是两个世界的居民，
你的白昼是病态的热情的，
你的幻梦是朦胧的预感，
好像是神灵的启迪……

让那不幸的激情去惊扰
我的充满痛苦的心胸——
而我的灵魂要像玛丽娅一样
去把基督的双脚贴得紧紧。

1855 年

给尼古拉一世的墓志铭

你不曾为上帝和俄罗斯服务过，

你只是为了你自己的虚荣，

你的全部作为，无论是恶行还是善事，

全都是谎言，全都是装腔作势，

你不是一个君王，而是一个戏子。

1855 年

一八五六年 [1]

我们盲目地站在命运的跟前，

我们扯不掉它身上的幕帷……

我对你袒露的并非心迹，

而是神灵的预言的梦呓……

我们离目标还很遥远，

雷电在怒号，雷雨在聚集，

于是新年便在雷声中

诞生在喋血的摇篮里……

它的面色是那样可怕严厉，

手上和额头都是斑斑血痕，

1　此诗所涉及的是克里米亚战争。

它给大地上的人们带来的，
还不只是一场严酷的战争。

它将不仅仅是一个战士，
而且是在执行上天的旨意——
它作为一个迟来的复仇者，
来完成早就预定的打击。

它为战斗来执行判决，
随身带来了两把宝剑：
一是带血的交战的刀，
一是惩治刽子手的钺。

可这是为了谁？遭受失败的
是一个人还是整个人民？
不幸的话语含混不清，
阴沉的梦也迷迷蒙蒙……

1855 年

"生活中会有些瞬息"

生活中会有些瞬息——

难以言传，只能意会。

那是上天赐予尘世的良机，

让人怡然自得，忘乎所以。

我头顶上的树梢，

在发出阵阵喧哗。

只有天上的小鸟，

在和我交谈对答。

一切庸俗而又虚伪的东西，

离我们这样遥远。

一切神圣而又可爱的东西，

与我们这样亲切。

我欢愉，我甜蜜，

世界就在我心中，

我真是醺醺欲醉——

时光啊，请停一停！

1855 年

"谁满怀着信念和爱情"

谁满怀着信念和爱情，

为自己的故土尽心——

为它献出思想和鲜血[1]，

为它献出语言和心灵，

谁就理应成为神明，

在充满艰难的道路上，

就会被新生的一代人

拥戴为可信赖的首领……

1856 年

---

1 此处指 1812 年抗击拿破仑的卫国战争。

"我得以珍藏的一切"

我得以珍藏的一切：

希望，信念和爱情，

都汇进了一种祈祷：

体验吧，不断体验！

1856 年

致 H.Ф. 谢尔宾纳[1]

我完全理解你的为之
心醉神迷的理想的意义，
完全理解你的奋斗和追求，
还有你面对着美的理想
所付出的呕心沥血的努力……

你这个古希腊人的囚徒，
常常在荒原中还做着美梦，
头顶着呼号的暴风雪，
还念念不忘金色的自由
和自己的希腊的天空。

1857 年

1　H.Ф. 谢尔宾纳（1821—1869），俄罗斯诗人，醉心于古希腊罗马文化。

"美妙的白昼……"

美妙的白昼让它在西方消失，
半边天空全都是不灭的霞光，
而它从半夜的天空的深处——
用那预言的星光把我们凝望。

1857 年

"在这黑压压的一大帮"

在这黑压压的一大帮
沉睡不醒的人群的上空，
自由，你什么时候会升起，
闪耀着你金色的光辉？

你的金光会使一切苏醒，
它会驱散烟雾和迷梦……
可还有暴力和欺骗的疤痕，
以及那旧日的伤痛。

还有灵魂的堕落，
还有摧残智慧和心灵的空虚，
谁能医治好它们，保护它们？
你，纯洁的基督的袈裟……

1857 年

"早秋的日子里"

早秋的日子里，
有短暂而美妙的时光，
整天都像水晶般清澈，
连傍晚也灿烂辉煌……

那儿曾飞舞过镰刀，麦穗纷扬，
如今是一片空旷、坦荡，
只有蛛网纤细的丝，
在空荡的犁沟里闪光。

鸟语寥寥，空气清朗，
冬天的风暴只是在远处张望，
在那正在歇息的田野上，
透明的温暖的蓝天多么安详……

1857 年

"看，树叶绿得如此耀眼"

看，树叶绿得如此耀眼！
树林中溢满炽热的阳光，
每一根枝条，每一片叶子，
都飘散出一种愉悦的安详。

让我们到树林里面去，
坐在吸饱了泉水的树根上，
在那儿荡漾着泉水的流影，
静寂中传来它的絮絮喧响。

沉浸在正午炎热中的树梢，
在我们的头顶上发出梦呓，
只是有时会从高高的天空
传来苍鹰阵阵的啼泣……

1857 年

"常常，有这样的时刻"[1]

常常，有这样的时刻，

当胸中感到如此沉重，

心里的痛苦不堪忍受，

而眼前只是漆黑一团。

没有力气，无法动弹，

我们的心情是如此沉重，

甚至连朋友们的安慰

也不能给我们带来笑容。

突然间太阳亲切的光芒

正悄悄地射向我们身上，

---

1 此诗系诗人为怀念第一位妻子艾列昂诺拉而作。

那火焰般燃烧的光束
正沿着墙边向我们流淌。

从那仁慈亲切的苍穹，
从那浅蓝色的天空，
突然间芬芳的气息
流进窗口，流向我们……

它们没有给我们
带来教训和劝阻，
它们也没有使我们
摆脱命运的桎梏。

可我们知道它们的力量，
我们能感到它们的美好，
于是我们的痛苦减少了，
于是我们的呼吸轻松了……

对于你的爱情，
我的心灵曾经感受过
无数次的亲切和美妙，
无数次的温存和明净。

1858 年

307

"她在地板上坐着" [1]

她在地板上坐着，

把一堆信札整理，

像抓起冷却的灰烬，

把它们抓起又抛弃。

她拿起这熟悉的笺页，

望着它们，显得这样出奇，

好像灵魂从高处看着

那被它抛弃了的肉体⋯⋯

啊，这里面有过多少生活，

那永不复返的感受和经历！

1　诗中的她指诗人的第二位妻子爱尔涅斯蒂娜。

啊，这里面有过多少伤悲，
那死去的爱和欢乐和瞬息！

我默默地站在一旁，
准备在她面前屈膝下跪——
仿佛那可爱的影子犹在，
它使我感到忧郁、颤栗。

1858 年

"当你的十八岁……"[1]

当你的十八岁已成为
你的梦幻的时候——
请怀着爱和平静的感动
回忆起它和我们……

1858 年

1　此诗系诗人为他的小女儿 M.Φ. 丘特切娃（1840—1872）而作。

安　慰 [1]

当那属于自己的东西

永远地离我们而去，

就好像是在墓石下面，

我们会感到如此压抑。

我们沿着河流走去，

凝望着滔滔的河面，

河水顺着坡面流淌，

巨流细浪滚滚向前——

不可抗拒，无法遏止，

它绝不会往回奔涌……

1　此诗系德语诗人尼·勒瑙《眺望溪流》一诗的意译。

我们看得越长久，
呼吸也就越轻松……

我们的泪会夺眶而出，
透过它我们向前注视，
波涛越来越快地飞驰，
而世间万物莫不如此……

灵魂陷入了沉睡，
它正在感觉到，
它的惊涛巨浪
已经慢慢地平息。

1858 年

"在深秋时节……"

在深秋时节，有时候

皇村花园会令我欢喜，

当轻轻的薄雾把它笼罩，

它仿佛在昏昏欲睡，

在湖水幽暗的镜面上，

在一片安详恬静里，

那白色翅膀的幻影[1]，

在暮色中静静栖息……

而在叶卡捷琳娜宫殿的

紫红色的台阶上，

正躺卧着十月的

黄昏早来的阴影，

---

1 指湖中的天鹅。

花园也暗如树林，

在黑夜的星光下，

好像是昔日荣光的返照，

露出了一座金色的屋顶[1]……

1858 年

1　指叶卡捷琳娜的大宫殿。

归途中

1

忧郁的景象，忧郁的时刻，

遥远的道路在驱赶着我们……

月亮像墓地边的幽灵

从云雾后面缓缓升起，

照耀着这无人烟的土地……

　　　路遥远，莫丧气……

唉，就在这个时刻，

在我们已离开的土地，

也是这月亮，却充满生机，

正倒映在莱蒙湖[1]的明镜里……

1　即瑞士的日内瓦湖。

美妙的景象，美妙的土地——
　　路遥远，莫回忆……

2

在那烟色的巨大的雪云下，
　　就是故乡的风景……
远处一片蔚蓝，还有被秋天烟云
　　笼罩着的郁悒的树林，
一切都是如此荒凉、空旷和辽阔，
　　单调乏味、死气沉沉，
只是有些地方还透露出被初冰
　　覆盖着的死水的斑痕。

这里没有任何声息、色彩和活力——
　　生命消失了——屈从于
命运的摆布，在一种疲惫的昏迷里，
　　这里的人只是在发出梦呓。
他们的目光像白昼里的光一样暗淡，
　　就是看见过去也是满怀狐疑。
只有一个地方，那儿吉光高照的山峦
　　正注视着那蔚蓝色的湖水……

1859 年

给安年科娃 [1]

在我们的日常生活里，
有时梦如彩虹一样美丽，
在陌生的迷人的世界，
那陌生而真挚的情意，
突然间会令我们陶醉。

我们看见，从那深蓝的苍穹，
一种非人世的光辉照耀我们，
我们看见另一个自然世界，
那里没有落日，没有黄昏，
另一个太阳永远高悬在天空……

那里一切都美好、宽广和光明，
一切都离尘世那样遥远……

---

1 E.H. 安年科娃（1840—1886），诗人的友人。

一切都与我们这个世界不同——
在纯净而热烈的天空，
心灵是这样轻快欢欣……

我们醒了——幻影消隐，
梦中的一切都荡然无存，
那至死都追随我们的
暗淡而呆滞的生活之影，
又紧紧地抓住了我们。

可有一个难以觉察的声音，
在我们的头顶上久久荡漾，
在一颗痛苦忧伤的心灵面前，
那迷人目光总是带着笑意，
就像在梦中所见到的一样。

1859 年

十二月的早晨

空中还悬挂着一轮明月——
可夜的影子还没有起程，
它还陷入自我陶醉之中，
还未察觉白昼已在颤震——

光线在接二连三地出现，
虽然还有些缓慢、胆怯，
而在天空中依然闪现着
那夜的得意洋洋的神色……

可还没过两三个瞬息，
黑夜就已从大地上逃遁，
在这明亮璀璨的阳光中，
白昼世界已包围着我们。

1859 年

"有许多无名的小小星座"

有许多无名的小小星座，
隐没在那高高的天际，
我们微弱的迷茫的目光
对它们真是不可企及……

不论它们怎样闪烁，
我们对它们都没有感觉，
也许，只有望远镜的神力
才能够把它们捕获。

可有另外一些星座，
却与它们迥然不同：
它们如同燃烧的太阳，
在夜间照耀着我们。

它们的心灵充满喜悦和活力，

那指路的光芒、美好的光芒

无处不在，在大海，在沙漠，

无处不在我们的眼前闪亮。

它们是我们尘世的快乐，

它们是可爱的天国之美，

看这些星星不需要望远镜，

连近视眼都能够看见它们……

1859 年

记　住

——从 1859 年的沃韦到 1860 年的日内瓦 [1]

我记得她的最后的一瞥，

在这里——在山峦，在湖面，

在西天晚霞的美好光华中——

好像透过沉重的病痛的雾霭，

她常常捕获住神奇的幻影，

对这整个世界她都抱以同情之心……

她模糊地描述过这些情景，

她曾以自己敏感、慈爱的心灵

怎样爱过这些山峦、波浪和星星——

那毁灭性的雷雨即将降临，

1　题名和副题原文均为法文。此诗为尼古拉一世的孀妇 A. 费多罗芙娜
　　（1798—1860）而作。

面对这些永葆青春的生命，
她心中常常涌起怎样的感情……

阿尔卑斯闪耀，日内瓦湖安谧——
在这里我们含着泪开始理会，
谁的心灵之光曾这样壮丽，
谁至死都保持着生命的活力——
在那命定的可怕的时刻，
是谁的一切都始终如一……

1860 年

323

"神圣的罗斯……"

神圣的罗斯，你日常生活的
前进的方向令我疑惑重重！
你曾是一所农民的政府机关——
如今你却变成了一个仆人。

1860 年

"在张臂躺着的俄罗斯上空"

在张臂躺着的俄罗斯上空，
一场突如其来的暴雨掠过，
彼得第四得了一个绰号，
名叫阿拉克切耶夫[1]第二。

1860 年

---

1 阿拉克切耶夫，沙皇宠臣。

"纵使在峡谷中筑起小巢"

纵使在峡谷中筑起小巢，
但有时我也能感觉到，
在那高高的山峰上，
气流怎样在不息地奔跑——
我们的心胸多么渴慕峰峦，
多么想冲破这浓密的云层，
多么想把整个令人窒息的
大地推开，推得远远！

每时每刻我都在凝望
那不可企及的山峰——
怎样的甘露和清凉
从那里喧闹着向我们奔涌。
突然间它们纯洁的白雪
变得火焰般璀璨晶莹：

天国的安琪儿的双脚

正在白雪上悄然滑行……

1861 年

"我曾当过陆军少校" [1]

我曾当过陆军少校，

在许多许多年以前，

你预言过我在未来

会有个将军的头衔，

可如今我连我自己

也不知道我当何差，

我请求当个传令兵——

俄罗斯智慧的元帅。

1861 年

---

1 此诗系诗人以他的女儿 M.Φ. 丘特切娃的名义而写的戏作。

"我在那时认识了她"

我在那时认识了她，
在那个神话般的年华。
好像是在晨光到来之前，
一颗星星微露在
朝霞初现的蓝天……

她身上总是荡漾着
那样的鲜润和美丽，
就像趁着黎明前的幽光，
露珠不知不觉地
爬到了花瓣之上……

那时她的生命
是这样的完整美好，
是这样的脱俗超群，

看来她已去了，就像

一颗星星隐没在天空。

1861 年

致彼得·安德烈耶维奇·维亚泽姆斯基 [1]

缪斯有各种各样的爱好，
她赐予人礼品也不一样，
就像那奇妙莫测的幸福，
她的性格也是古怪异常。

她只在霞光中爱抚某些人，
亲吻他们年轻柔软的发丝，
但那温风只是一吹而过——
她就带着最初的梦离去。

在小河边，在隐秘的草地，
她有时会出人意料地飘落，

1　此诗为纪念彼得·安德烈耶维奇·维亚泽姆斯基（1792—1878）文学
　　活动五十周年而作。

她脸上偶尔掠过一丝笑容，
可是消失之后便不再有过！

可您却未遭到那样的命运：
从青春华年她就跟随着您，
她在心中坚定地把您珍爱，
并长久地注视着您的踪影。

悠闲自由的她不是随便地
把您关心、珍惜和爱抚，
她培养您的才能，她的爱
总是一年比一年更加温柔。

就像葡萄藤上美好的汁液
越来越丰满，越来越红艳，
在您的大高脚酒杯里灵感
越来越亮丽，越来越热烈。

无论何时，您的光荣的酒杯
都没有像今天这样美酒四溢，
公爵，让我们为了缪斯举起
您的满满的泡沫飞溅的酒杯！

让我祝愿珍爱保护心灵的

所有圣洁之物的缪斯女神，

衷心地祝愿她自由地发展，

完满建立自己伟大的功勋！

然后我们全体静默祷告，

举行神圣的悼念的宴席，

为三位我们永志不忘的

亲爱的人献上祭酒三杯。

对于他们的呼唤没有回答，

可在纪念您的喜庆的节日，

谁都会感到他们的存在和亲近——

茹科夫斯基、普希金、卡拉姆津[1]！

我们相信这些看不见的客人，

如今已离开了那高高的苍穹，

1　卡拉姆津（1766—1826），俄国感伤主义作家，他的创作在十九世纪
　　初期颇有影响。

怀着赞许在我们中间飘荡，
使这个宴会变得更加神圣。

您紧跟在他们的身后，公爵，
以您的缪斯的名义，为您献上
祝福健康的美酒，这玉液琼浆
在明亮的杯中久久翻腾、闪光！

                          1861 年

致 П.А.维亚泽姆斯基公爵 [1]

如今，已不是半年以前，

也不是在亲朋密友之间，

伟大的大自然她亲自

来庆贺您的周年纪念……

您看她是多么自在地

安排好了自己的酒宴——

这整个岸，这整个海，

这整个神奇美妙的夏天……

身披灿烂的阳光，

迈上最后的台阶，

1　此诗为 П.А.维亚泽姆斯基公爵文学活动五十周年纪念而作。在写作
　　此诗以前的 3 月 2 日，曾举行过庆祝活动，此诗开头的两行所指的就
　　是这一活动。

这个壮丽辉煌的日子，

在向自己的诗人告别……

喷泉在安详地低声吟唱，

花园弥漫着欢乐的梦幻，

彼得的菩提在您的头顶上

喧响，为您的周年纪念……

1861 年

"玩乐吧，趁你的头顶……"

玩乐吧，趁你的头顶
还是一片晴朗的蓝天。
嬉戏吧，和人们，和命运，
你——注定要搏斗的生命，
你——渴求风暴的心灵……

常常，被忧伤的梦想
折磨着，我望着你，
而泪水蒙住了目光……
为什么？我们有什么共同的？
你正走向生活，而我却要离去。

我只听见刚刚苏醒的
白昼在清晨的梦呓……
而随来的生气勃勃的雷雨，

那剧烈的轰鸣，热情的泪水——
不，这一切都不是属于我的！

或许，在酷热的夏日，
你会忆起自己的春天……
啊，回忆起这些日子吧，
就像回忆起在黎明前
被遗忘的破碎的梦幻。

1861 年

"无怪你从小就铭记俄罗斯的声音"[1]

无怪你从小就铭记俄罗斯的声音，

并已把它视为珍贵藏于心中——

如今你站在科学的高峰上，

成为两个世界的中间人……

1861 年

1　此诗为德国作家伍尔夫松（1820—1865）而作。

致亚历山大二世 [1]

你掌握住了时机……这是
自古以来的伟大上帝的恩准——
上帝他把奴隶和人合在一起，
把小兄弟重新还给了大家庭……

1861 年

---

1 此诗因 1861 年农奴制改革而作。

340

"以往他是一个温和的哥萨克"

以往他是一个温和的哥萨克，

如今他是一个野蛮的保护人。

菲里普的儿子——比如说吧，

可并不是亚历山大这位大人[1]。

1861 年

---

1 俄文中的菲里普松这个姓照字面直译为德文是"菲里普之子"，而亚
历山大却是菲里普的儿子。

"愿两位尼古拉"[1]

愿两位尼古拉

都能得到幸福，

并衷心地祝贺他们。

1861 年

---

[1] 此诗为诗人的兄长和姐夫（两人都叫尼古拉）的命名日而作。后来诗
人的姐夫还以电报的形式回赠了一首诗：

两个同名的尼古拉

拥抱另一个弟兄，

衷心地感谢和亲吻

所有的孩子们。

给费特

我向你致以衷心的敬礼，
不管我的肖像[1]是怎样的——
即便是默默地不能言语，
但善良的诗人也会告诉你，
我是多么珍惜你的问候，
你让我心中充满着感激。

大自然赋予了另一些人
一种自发的先知的本能，
凭着它，他们能够听见
大地黑暗深处的水声……

伟大母亲所宠爱的人啊，

1　此诗是和诗人自己的一幅照片一起寄给费特的。

你有着多么令人羡慕的命运，

在那可察觉的表层的下面，

你不止一次地见到了母亲……

1862 年

"关于这一故事的构想"[1]

关于这一故事的构想，
我们的评价是这样：
我们俄罗斯肮脏的小酒馆
已被移到了高加索山上。

1862 年

---

1 此诗涉及的是列夫·托尔斯泰的中篇小说《哥萨克》。

"就像在夏日里……"[1]

就像在夏日里，有的时候，

一只小鸟会突然飞进屋里，

生命和阳光便随着它一道流进，

一切顿时生机勃勃，溢彩流辉。

整个五彩缤纷的自然世界，

便把我们的角落照亮——

绿色的树林，欢快的流水，

还有蔚蓝天空的丽彩华光——

她，我们的客人，向我们走来，

她是如此轻灵，又来去匆匆，

---

1 此诗写到的少女是纳杰日达·谢尔盖耶芙娜·阿金菲耶娃，她是当时
外交部长戈尔恰科夫的外甥女。

我们这个地方古板、沉闷，
而她的到来把一切都唤醒。

生命因她的出现而变得温暖，
突然间大家全都精神焕发，
甚至彼得堡冰冷的夏天，
也险些被她的光彩溶化。

老成持重的变得年轻活泼，
博学多才的成为小小学生，
她随心所欲、四处逢源，
整个外交界都围着她运转。

我们的房子被选为她的住所，
于是连房子都仿佛变得快活，
无休无止的电报的吵闹
已不像以往那样把我们惊扰。

但这样美好的时光却很短暂。
客人不打算久留在我们这里，
于是我们便要与她告别——
可我们将很久很久不会忘记：

那意想不到的美好的印象，
那玫瑰色面颊上酒窝的荡漾，
那优雅的温柔的举止、步态，
那像有磁铁引力的迷人身材，

那彩虹般的笑，清脆的声音，
那闪动着狡黠之光的明眸，
还有那秀发是如此细长飘逸，
连仙女的手指也未必能抓住。

1863 年

"可怕的梦压在我们头顶" [1]

可怕的梦压在我们头顶，

它既恐怖，又杂乱无章：

鲜血漫漫，我们和复活的

死人战斗，争夺新的埋葬。

这争斗持续了八个月，

英勇的热情，背弃和谎言，

教堂里面的一伙强盗，

手中的十字架和刺刀。

整个世界仿佛都被谎言灌醉，

全是罪恶，全是罪恶的诡计！

人们关于战争的谎言从未

1　此诗因 1863 年波兰起义及奥、英、法对之进行外交干预而作。

如此粗鲁地玷污过上帝的真理。

整个世界都在呼唤疯狂的战争，
这呼唤声中充满盲目的同情，
人心的堕落，歪曲的语言——
一切都在膨胀，都在蛊惑人心。

亲爱的故乡啊！从创世日起
世界也未把这样的战乱经历……
罗斯啊，也许，你的作用重大！
鼓起勇气，顶住一切，去争取胜利！

1863 年

"北风静息了"

北风静息了……蔚蓝的
微波在日内瓦湖上荡漾——
小船又在水面上飘游，
天鹅又重新戏水拍浪。

太阳像夏日一样整天照耀，
斑斓的树木在阳光下闪亮，
空气用它温和轻柔的呼吸
抚摸着这一片衰败的辉煌。

而在那儿，白峰[1]从一早
就脱下云衣显露真形，

1　白峰系瑞士的一座名山。

它庄严静穆，银光闪闪，
就像神的启示一样威凛。

这里，有颗心本可以忘记一切，
那样，也就会忘了所有的痛苦，
但除非在那儿——在故土——
能够少去那一座坟墓……

1864 年

一八六四年二月十九日 [1]

他以最后的平静的步子

走近窗口，已是黄昏时分，

西边的天空燃烧着霞光，

这天赐的光辉多么明净。

那个年头又复活在他的心中——

伟大的日子，新约的日子——

突然间死神的影子因感动，

在他的脸上顾盼、迟疑不定。

有两个亲切而珍贵的形象，

那是他心中的两件圣物——

皇帝和俄罗斯出现在他面前，

1　此诗因当时著名文学家和国务活动家 A.A. 勃鲁多夫（1785—1864）的
逝世而作。

他衷心地向他们表示感谢。
接着他的头便向床头垂落，
于是最后的斗争便告结束——
感恩者怀着爱意让他自己这个
恭顺而又忠诚的奴仆得到解脱。

1864 年

无　题

不是所有羸弱的心都睡了：
春天来了——天空放晴了。

1864 年

"不论你是谁……"

不论你是谁，也不论你的灵魂
是纯洁还是肮脏，可一见到她[1]，
你马上就会更加真实地感受到
一个美好的世界，精神的世界。

1864 年

1　此诗中的她系皇后玛丽娅·亚历山大洛芙娜，下一首诗《"多么不可
猜测的秘密"》也是写她的。

"多么不可猜测的秘密!"

多么不可猜测的秘密!
她光彩照人,妩媚美丽,
我们注视着她温存的目光,
怀着惊恐不安的战栗。

那魅力可是属于人间?
还是上天的恩惠?
灵魂想为她祈祷,
而心儿却禁不住爱意……

1864 年

"哦，尼斯！这明丽的南方！"

哦，尼斯！这明丽的南方！
这华光丽彩使我意乱心迷。
生命像一只受伤的小鸟，
想飞——却又不能飞……
无法张开翅膀，无法离开大地，
拖着一双被折断的羽翼，
整个身子都紧贴着尘泥，
疼痛、乏力，不停颤栗……

1864 年

"她整天神志不清地躺着"

她整天神志不清地躺着，
全身都笼罩着一层阴影。
夏日的暖雨敲打着树叶，
发出一阵阵欢快的响声。

后来她慢慢苏醒过来，
开始倾听窗外的雨声，
她长久地入迷地听着，
仿佛在思考什么事情。

她像是在自言自语，
突然间她脱口而出：
"这一切我曾经怎样爱过！"
（我伴着她，已是半死不活。）

你爱过，像你这样的爱，

啊不，谁也不曾拥有过！

天哪！饱经人世沧桑……

这颗心还没有碎成粉末……

1864 年

致戈尔恰科夫公爵[1]

您接受了那命定的使命，
谁邀请您，谁就要恪守言行。
在俄罗斯所有活着的优秀人物
都注视着您，信任和期待着您。

您挽救了被卷入被欺辱的俄罗斯的
荣誉——而没有比这更高的功勋。
如今，您面临着另一重大使命：
请捍卫它的思想，去拯救灵魂……

1864 年

---

1 A. 戈尔恰科夫公爵系当时俄罗斯外交家，在 1863—1864 年波兰起义
  期间，曾受命代表俄罗斯反对外国力量的干预。

教皇通谕

曾有那么一天，当上帝真理的
大锤猛烈地击碎那古旧的庙堂，
被自己的一把利剑刺中，
最高主教在庙堂里身亡。

如今——在上帝的法庭上——
还有更加可怕的事情发生，
在叛教的罗马城执行了对
假基督全权代理人的死刑。

百年逝去，往事如烟散尽：
歪曲的论断，黑暗的世故，
可是上帝的真理对他的
最后的诽谤却不会饶恕……

他不是死于尘世的剑，

尘世的剑能统治多少年——

他死于那句命定不幸的话：

"良心的自由是一派胡言！"

1864 年

无 题 [1]

我读过了我的
雄辩的生动的回答，
我仍要得意地说——
我完全满意——我批准它。

1864 年

---

1 此诗系诗人仿小女儿 M.Ф. 丘特切娃口气的戏作。

"夜的海啊，你是多么美好"

夜的海啊，你是多么美好，
这儿光明灿烂，那儿幽深飘渺，
在月亮的银辉中你仿佛活了，
你奔腾，你呼吸，你闪耀……

在广阔无涯的海面上，
闪光，起伏，轰鸣，喧闹，
波光粼粼的大海啊，
寂静无人的夜中你是多么美好！

你这壮阔的大海的波涛啊，
你在为谁的节日这般欢舞庆贺？
机灵的星星正在高天之上，
看着你奔腾、轰鸣、闪烁。

面对这波涛，面对这闪光，

我惘然若失，仿佛在梦中伫立——

我多么愿意把自己整个灵魂

沉入你那迷人的怀抱里……

1865 年

"在上帝没有默许的时候"[1]

在上帝没有默许的时候，

不论爱得有多痛苦——

心儿啊，也不会熬得幸福，

而只会把自己苦苦折磨……

心儿啊，把珍藏的爱情

全都奉献出来的心儿啊，

你只为它生存，为它受苦，

但愿上帝能为你祝福！

上帝他仁慈而又强大，

他会用自己的光辉去照拂

1　此诗是为诗人的女儿 М.Ф. 丘特切娃而作。

天空下盛开的美丽的花朵，

海底里隐藏的纯洁的珍珠。

1865 年

"在我痛苦深重的生活里"

在我痛苦深重的生活里，
在比别的痛苦更可怕的时日，
沉重的压迫，致命的负荷，
连我的诗也无法表达和承受。

突然间一切全都窒息了。连眼泪
和怜悯也都凝固，只有黑暗和空虚，
往事不再像幻影一样轻轻回旋，
而只是像埋在地下的僵尸一具。

唉，在它上面是清晰的现实，
但已没有爱情，也没有阳光，
只有一个冷漠的无情的世界，
不知道有她，把她全都遗忘。

而我一人孤独而又忧愁，
我想恢复神志，却又不能，
好像一只被撕碎的小舟，
被波涛抛到无名的岸边。

上帝啊，给我火热的痛苦，
让它把我心中的死寂驱逐，
你夺走了她，却给我留下
回忆她的痛苦，活着的痛苦——

你让我想着她在无望的斗争中，
凭她自己的英勇拼到最后时分，
她爱得这样热切，这样炽烈，
对抗着俗人们的流言和命运。

你让我想着她没有战胜命运，
但是她也没有让命运战胜。
你让我想着她至死都在受苦、
祈祷，满怀着信任和爱情。

1865 年

"他死的时候曾忧心忡忡"[1]

他死的时候曾忧心忡忡,

不祥的念头让人困惑、痛苦……

无怪乎上帝会在他身上——

显现出自己信任的杰出人物……

在劳作和痛苦中一百年过去了——

祖国的语言一天天地强劲,

如今它自由自在地庆祝着

他给我们留下的丰厚礼品……

从过去的镣铐中解脱出来,

再没有过多的枝蔓的缠绕,

---

1 此诗为纪念俄国伟大的科学家、语言学家和诗人罗蒙诺索夫（1711—
   1765）逝世一百周年而作。

它用自己全部理性的自由
热烈欢迎这个日子的来到……

我们，满怀感激之情的儿孙，
让我们以真理和科学的名义，
为了他所创建的丰功伟绩，
在这里永久地把他缅怀追忆。

是啊，他的作用是伟大的——
他，忠于俄罗斯智慧的人，
他使我们获得巨大的教益，
又不让我们对他盲从迷信。

好像是传说中的一位勇士，
他拥有超越自然的神力，
他奋斗过，一直到黎明时
星辰在黑夜的战斗中升起。

1865 年

"海浪的喧嚣里有一种旋律"

岸边的芦苇中有音乐的和声[1]

海浪的喧嚣里有一种旋律，
自然力的斗争中有一种和声，
在芦苇的起伏不定的摇动中，
有和谐的音乐之声在流动。

万物之中都有稳定的节律，
大自然里充满着和谐——
只有在我们虚幻的自由里，
我们才意识到脱离了自然。

这种脱离从何处产生？

———————————

1　原文为拉丁文。

为何心灵在普在的大合唱中，

既不像奔腾的大海那样高歌？

又不像沉思的芦苇那般低吟？

1865 年

致我的朋友波隆斯基 [1]

你亲切的声音里缺少更多活生的火星——
在我的心中是深沉的黑夜，没有黎明。
那行将熄灭的篝火的难以察觉的余烟，
在茫茫黑暗之中——将会很快地消隐。

1865 年

1　此诗是为回答波隆斯基的《致丘特切夫》一诗而创作的。

"皇帝之子死在尼斯"[1]

皇帝之子死在尼斯——
我们却因他而受暗算……
"上帝要向波兰人报复。"——
在京都就有这样的流言。

这样的话究竟出自
谁的古怪狭隘的头脑?
是谁说的波兰的牧师
或某个大臣已离开俄罗斯?

啊,这不幸的无稽之谈,
这轻率的罪恶之辞,

1　此诗和下面一诗的写作都与亚历山大二世的长子尼古拉·亚历山大罗
　　维奇(1843—1865)患病相关。

是故土的败类所为，
愿你不要听信，俄罗斯。

用不着去驳斥这骇人的
狂呼乱叫，它老早就有：
"叛乱四起，皇帝当了俘虏！"——
而俄罗斯并不准备去营救。

1865 年

377

一八六五年四月十二日

一切已定，他安静下来了，
他忍受着痛苦，直到最后——
也许，在上帝的面前，
他比别的人要更为优秀——

一个更为美好的遗产，
属于上帝自己的遗产——
他，从小就是我们的快乐，
他不属于我们，他属于上帝……

可在他和我们之间，
有着更牢固的本质联系：
如今，他和所有俄罗斯的
心灵一起在祈祷——

为那个把自己的痛苦

净化、站在十字架前

流泪的人才能衡量出

他的痛苦的人祈祷……

1865 年

"人民健全的思维……"

人民健全的思维多么

正确地确定了语言的意义：

难怪一看到"走出"，

它就让这个词"走出"来了[1]。

1865 年

1　这两个词原文分别是名词"уход"和动词"уходить"。

"或许您准许……" [1]

或许您准许——开个玩笑——
那我就来执行您的指示。
这里没有思考和理性的位子，
甚至因您智者也把理智丧失——

甚至他——您的光荣的舅舅——
尽管他能够说服整个欧洲，
可在这不均衡的斗争中
也得让步，在您的脚前拜服……

1865 年

1　此诗为 H.C.阿金菲耶娃而作。关于她，详见前面《"就像在夏日
　　里……"》一诗的注释。

"到今天，朋友，十五年过去了"

到今天，朋友，十五年过去了，
从那幸福的和不幸的日子[1]算起。
她是怎样地吸干了自己的心血，
又是怎样地把它倾注到我心里。

已有一年了[2]，我失去了一切，
无怨无尤，听凭命运的摆布……
到头来竟是这样可怕的孤独，
我将这样独自一人走进坟墓……

1865 年 7 月 15 日

1　指诗人与杰尼西耶娃结识的日子。
2　意即杰尼西耶娃去世已一年。

致维亚泽姆斯基公爵 [1]

愿这没有长腿的电报，
给您带去我的平庸的诗篇，
愿仁慈的上帝保佑您远离
所有无谓的争执、焦虑和惊恐，
远离漫漫黑夜中的失眠。

1865 年

1　此诗和下面一首《"不幸的乞丐……"》均系祝贺 П.А. 维亚泽姆斯基
公爵的命名日的电报，写于同一天，即 1865 年 7 月 28 日。

"不幸的乞丐……"

不幸的乞丐，可怜的伊洛斯¹，
我从病床上勉强欠起身子，
竭尽全力，满怀着惊惧，
给您写上这么短短的几句
蹩脚的问候，让电报给您带去。

让它带着这问候疾驰而去，
飞向那神奇而明亮的一隅，
那儿整日里都不会沉寂，
有如暴风雨在绿色的
灌木丛中喧腾高唱不息。

1865 年

1　伊洛斯，希腊神话中的乞丐。

"东方的寂静令人疑惑"

东方的寂静令人疑惑，

四处一片敏感的沉默，

怎么？是梦还是预感？

白昼是近了还是遥远？

峰巅还只是微微发白，

树林和峡谷还在雾中，

城市和乡村还在安睡，

但你把目光投向天空……

看，出现了一条光带，

仿佛藏有热情的火焰，

越来越亮，越来越活——

它通体都被火焰燃遍——

只过了几分钟的时间，

在茫茫无际的太空里，
全世界的钟声都乘着
太阳的胜利之光响起……

1865 年

一八六四年八月四日周年纪念日前夜 [1]

白昼正在消隐，万籁俱静，

我在大路上蹒跚地行走……

我感到难受，双腿已经麻木，

我亲爱的朋友，你是否看见我？

大地上空越来越暗淡——

白昼最后的余晖就要洒落……

这就是我和你生活过的世界，

我的安琪儿，你是否看见我？

明天是祈祷的日子，忧伤的日子，

明天是那注定不幸的日子的纪念。

———————

1 即杰尼西耶娃逝世一周年纪念日。

我的安琪儿，魂灵会在哪儿游弋？

我的安琪儿，你能否把我看见？

1865 年 8 月 3 日

"在那湿润的蔚蓝的天空"

在那湿润的蔚蓝的天空，

显露出多么意外的光明，

一座拱形的门突然升起，

沐浴着自己瞬间的庄严。

它的一端伸进了树林，

另一端在云彩后消隐。

它把半个天空抱在怀里，

随后便在高天渺无踪影。

啊，这绚丽多姿的幻影，

给我们带来怎样的欢欣！

它留给我们的只是一个瞬息，

抓住它吧，莫要犹豫不定！

你看，它已在渐渐地暗淡，

再过一两分钟又是怎样的情景？

它已经消失，就像你赖以呼吸、

赖以生存的东西已经消失殆尽。

1865 年

"夜间的天空如此阴沉"

夜间的天空如此阴沉，
把四面八方团团围困，
不是威吓，不是沉思，
而只是疲惫凄凉的梦。
暴怒的闪电此起彼伏，
空中的火焰忽暗忽明，
像有一群聋哑的魔鬼，
互相正在进行着争论。

仿佛按照约好的信号，
一片天幕突然间点燃，
田野和那远处的森林，
刹那间从黑暗中显现。
随即一切又变为黑暗，
又都在黑暗之中安歇。

好像有什么神秘事件，

已在那高天得到解决。

1865 年

"没有一天心儿不疼痛"

没有一天心儿不疼痛，
往事使它不得安宁，
想诉说却又找不到语言，
于是它便一天天地凋零——

如同一个满怀乡愁的人，
每时每刻都在思念故乡，
突然间他得到一个消息，
故乡被大海的波涛埋葬。

1865 年

"不论对她的诽谤有多恶毒"

不论对她的诽谤有多恶毒，
不论对她的压力有多沉重，
可这双眼睛中的光明坦白——
要比所有的魔鬼都要强劲。

她的一切都这样真挚温存，
一举一动都这样美好动人，
不论何人何事都搅浑不了
她心中一片浅蓝色的明净。

愚蠢的诽谤，恶毒的流言，
并不能使她沾上丝毫尘屑，
就是赤裸裸的诋毁也不能
弄皱她鬈发上轻软的绸结。

1865 年

给克罗尔 [1]

九月的冷风已在怒号，
褐色的树叶已在飘零，
将熄的白昼余烟袅袅，
雾起来了，夜已降临。

这一切对于眼和心灵
是这样的冷漠、无情，
是这样的忧郁、寂静，
可突然传来了谁的歌声……

这歌声有着怎样的魅力，
它使云雾消散、逃逸，

---

1 尼古拉·伊万诺维奇·克罗尔（1823—1871），俄国剧作家、讽刺诗
   人，《火星报》编辑。

而苍穹又变成一片蔚蓝，

重又闪耀着明亮的光辉……

一切又重新变成绿色，

一切又重新回到春天……

而我做了这样一个梦，

在您的小鸟歌唱的时分。

                              1865 年

致 А.Д.勃鲁多娃伯爵夫人 [1]

不管生活越来越乏味，
不论我们怎样去解释，
我们一天比一天清楚，
"感受"不等于"生活"——

为了您美好的过去，
为了您的慈父，
让我们相互许诺：
永不改变，直到最后。

1866 年

---

1 此诗为 Д.Н.勃鲁多夫的女儿 А.Д.勃鲁多娃（1813—1891）而作。

"当衰老的力量……"

当衰老的力量
开始改变我们，
我们应当像老住户一样，
给新来者让出一个地方——

拯救我们吧，善良的上帝，
让我们摆脱胆怯的责备，
摆脱诽谤，摆脱暴怒，
走进正在改变的生活里。

摆脱内心恶劣的情感，
走向焕然一新的天地，
那儿正坐着新来的客人，
还有为他们而设的宴席。

摆脱那苦涩的思想的胆汁，
它已经不再为我们流动奔涌，
它已经不再把其他的指令——
那召唤前进的指令带给我们。

摆脱那埋藏了许久的一切，
藏匿得越深，爆发得越烈——
比老年人的爱情更加可耻的
是老年人激动时的唠叨不绝。

1866 年

"他得救了……"[1]

他得救了！不可能不如此！
欢乐之情在俄罗斯四处传播……
我们含着感恩的泪水祈祷，
心灵被无休止的念头折磨。

心中的一切都被这枪声凌辱，
这凌辱仿佛还不能说是完结：
它是加在俄罗斯人民的
整个历史上的可耻的污点！

1866 年

---

1 此诗因 Д.B. 卡拉科佐夫（1840—1866）在 1866 年 4 月 4 日行刺亚历
山大二世的事件而作。

"上帝的世界里屡见不鲜"

上帝的世界里屡见不鲜：
五月里天空中还飘着白雪，
可春天依然不灰心丧气，
它说"这是属于我的季节！"

不管衰弱的风暴怎样发怒，
它的到来毕竟不合时宜——
你看那暴风雪已经止息，
而临近的却是夏日的雨季。

1866 年

"当这乱糟糟的财政⋯⋯"[1]

当这乱糟糟的财政

都不能勉强维持支撑，

简直是一筹莫展，

简直是陷入绝境——

谁能解救，谁能帮助？

谁呢？假如他不是水兵。

1866 年

1　这首讽刺短诗因海军上将 C.A. 格列依格被委任财政部长一事而作。

"当一颗心灵……"

当一颗心灵对我们的

　　语言发出赞许的时候——

我们不需要得到别的报酬，

　　这就满足了，满足了……

1866 年

"我们用些话代替花环" [1]

我们用些话代替花环，

在那棺木的盖饰上安置：

他生前的敌人不算很多，

要不是为了你，俄罗斯。

1866 年

1　此诗因 M.M. 穆拉维耶夫伯爵逝世而作，原题名为《纪念 M.M. 穆拉维耶夫伯爵》。

"浅蓝色的天空"[1]

浅蓝色的天空
焕发出一片光和热，
彼得堡迎来了
从未有过的九月。

充满温暖的湿气，
滋润着鲜嫩的绿意，
喜气洋洋的旗海
滚动着轻柔的涟漪。

热烈的阳光洒满
彼得堡的大街小巷——

1　此诗因 1866 年 9 月丹麦公主、沙皇的继承人（即后来的亚历山大三
　　世）的新娘达格玛拉（1847—1928）抵达俄罗斯而作。

一派南国的风貌，
就仿佛在梦里一样。

正在变短的白天
显得更加自在、亲切，
秋日黄昏的影子
洋溢着夏日的愉悦。

五颜六色的火光
装点着祥和的夜色……
多么迷人的日子，
多么迷人的夜。

仿佛大自然严格的节律
把自己的权力让位于
生命和自由的精神，
让位于热烈的爱情。

仿佛那牢不可破的
永恒不变的规则，
已经被人们的充满
爱意的心灵打破。

在那亲切的辉光里，

在那蔚蓝色的空中，

有一种微笑，一种感觉，

有一种赞许的认同。

于是，一种神圣的感动

伴随那幸福的纯洁的泪水，

像神的启示在我们心中响起，

在四面八方回荡缭绕不息……

我们洞察一切的人民，

理解这空前的大举，

愿这个"达格玛拉周"

世世代代地继续下去。

　　　　　　　　　1866 年

"凭理智不能理解俄罗斯"

凭理智不能理解俄罗斯，
用普通的尺度无法测量俄罗斯：
俄罗斯有她特殊的性格——
对俄罗斯只能够相信。

1866 年

纪念 H.M. 卡拉姆津诞辰一百周年 [1]

卡拉姆津的伟大的日子，

我们举行集会来追悼他，

面对着故土我们说些什么？

祖国会给我们怎样的回答？

我们以怎样虔敬的颂词，

以怎样富于生气的赞语，

来纪念这个光荣的日子——

这个人民和家庭的节日？

我们善良而纯洁的天才，

以怎样的陈规向你致敬——

1　关于卡拉姆津，参见《致彼得·安德烈耶维奇·维亚泽姆斯基》一诗
注释。

在这令人惊慌不安的
年代的动荡和怀疑中?

这个年代,虚弱的真理
交混着粗俗不堪的谎言,
崇高的渴望幸福的心灵
对这简直是深恶痛绝——

你曾拥有过这样的心灵,
它曾在这里不懈地斗争,
可是无法遏止它奔向
上帝那诱人的召唤?

我们要说:请给我们
鼓舞人心的指路明星——
让它照亮我们不幸的黑暗,
照亮我们纯洁自由的精神。

把一切结合成为一个
牢不可破的完整体制,
把一切美好的人性,
用俄罗斯情感来充实——

面对着荣誉的诱惑，

不要弯曲自己的颈，

须知沙皇到头也只是

另一个俄罗斯的忠臣……

1866 年

"即使真理从大地上销声匿迹"[1]

即使真理从大地上销声匿迹，

但教皇心中还有它的栖身之地。

谁没有听见那欢庆胜利的声音

世世代代不断地向它传递？

如今怎样？唉，我们看见什么？

谁收留、谁救助这上帝的客人？

恶毒的谎言强奸了所有的理智，

整个世界都成为谎言的化身！

东方又升起血腥的烟雾，

又在疼痛不已，一片号哭，

施虐的刽子手重又成为主宰，
而牺牲者……被谣言出卖！

啊，这个被叛乱教养出来的时代，
这个没有心肝的恶狠狠的世纪，
在广场上，在议会上，在供桌上——
它无处不成为真理的私敌。

可还有一个强大的栖身之地，
为真理留下一个神圣的殿堂，
它就在你心中，我们东正教的教皇，
我们仁慈的正直的俄罗斯教皇！

1866 年

"你，俄罗斯之星"

你，俄罗斯之星，
为何长久地在云后藏匿？
还是由于视觉的错误，
你本来就一直袒露在天际？

夜间当贪婪的目光
竭力地把你搜寻，
你散落你的光辉，
莫不是用那虚无的流陨？

越是黑暗，越觉痛苦，
灾难越是难以逃脱——
看，谁的旗正在海中沉没，
醒来吧——要么现在，要么永不……

1866 年

"金色屋顶的倒影……"

金色屋顶的倒影，

在湖中静静地荡漾，

多少昔日的荣耀，

辉映着湖水的波光。

生活蓬勃，太阳辉煌，

可在这里，在它们后面，

往昔仍在神奇地展露

自己迷人的光芒。

金色的太阳灿烂光明，

湖中的水流波光粼粼，

在这里，伟大的往昔

仿佛还在微睡中沉浸。

它在甜蜜、无忧地安睡，

连那飞过的天鹅的啼鸣

都没有扰乱它的美梦……

1866 年

"这遗留的纪念册……" [1]

这遗留的纪念册珍贵的
笺页对于我是多么宝贵，
其中一切又是多么熟悉，
一切都充满心灵的情意。

字行里有一种怜悯的力量
把我全身心都带回到往昔！
如今教堂已空，香火已熄，
而祭祀的青烟却还在飘逸。

1867 年

1　此诗是为 М.Д. 勃鲁多娃伯爵夫人而作。

"徒劳之举……"

徒劳之举——不，你不要开导他们——
越是规劝，他们越是俗不可忍，
文明——对于他们是偶像，
对于它，他们是无法攀临。

无论对它怎样屈就，先生们，
你们也不会赢得欧洲的理会：
在它的眼睛里你们永远也
不会是公仆，而只是奴隶。

1867 年

题 A.M.戈尔恰科夫公爵纪念册[1]

在那些命定不幸的血的日子,

当俄罗斯中止自己的战斗,

把宝剑——自己的残缺不全的

宝剑插入鞘中的时候——

他被捍卫祖国的强烈的

愿望所召唤——挺身而出,

坚持与欧洲的勇敢的战斗——

一场力量上不均衡的战斗。

于是,那场有力的决斗

便持续了十二个年头。

异族的世界无不惊奇,

1　此诗为纪念 A.M.戈尔恰科夫公爵为国效力五十周年而作。诗中涉及
的是克里米亚战争。

唯有罗斯拥有他这样的人物。
他第一个识破事态的原委，
俄罗斯精神被他首次证明
为一种联盟的伟大力量——
这花环便代表着他的功勋。

1867 年

烟[1]

这里有时美妙而又壮丽，
树木苍翠，喧响不息——
就连整个世界都充满着
形形色色的幻想和神秘。

阳光流泻，树影摇曳，
林中欢腾，鸟语不绝，
杯中掠过急驰的鹿影，
狩猎的号角时起时歇。

十字路口上一片嘈杂，
从林中走出熟悉的人们，

1　此诗因屠格涅夫的长篇小说《烟》(1867)的发表而作。诗作表明诗人
　　对《烟》的不满的态度。

在神秘闪动的人影中，
夹杂着问候和交谈声。

这是多么诱人的生活，
多么豪华的感情的欢宴！
这非人世的奇迹使我们惊异，
可奇妙的世界却近在眼前。

我们又怀着昔日的爱情，
慢慢走向那神秘的树林，
可它在何处？谁放下了帷幕
从上到下遮住了它的身影？

这是什么？魔法还是幻影？
我们在哪儿？这可是我们的眼睛？
这里只有作为第五种元素的烟，
烟——一望无际的凄凉的烟！

树林中什么地方被大火烧毁，
奇形怪状的树桩四处残存，
白色的火苗还在噼噼啪啪地
沿着光秃秃的枝桠不停游动……

不，这是梦！不，风还在吹，
烟的幻影将会消失殆尽……
我们的树林将会重新苍翠，
它仍然会变得那样可爱迷人。

1867 年

"祖国的烟对我们甜蜜而愉快!"[1]

"祖国的烟对我们甜蜜而愉快!"——
过去的时代这样富于诗意地说。
而一位天才仍在大阳里寻找斑点,
用令人厌恶的烟熏黑了我们的祖国!

                1867 年

1　此诗和前面的《烟》一样,也是针对屠格涅夫的长篇小说《烟》的。

致斯拉夫人（一）[1]

向你们致以亲切的问候，
来自所有斯拉夫地区的兄弟，
我们问候你们大家，概无例外！
并为所有人都备好家庭宴会！
难怪俄罗斯召唤你们前来
欢度这和平和爱的节庆。
你们可知道，亲爱的来宾，
你们不是客，你们是自家人！

这是你们的家，一个大家庭，
比你们故乡的家更大的家庭——
这里，从未有过另一种
语言的权威将一切统领，

1　此诗为 1867 年 11 月在彼得堡举行的斯拉夫人宴会上的诗歌朗诵会而作。

这里，所有人共同拥有的
一种语言便是权威和国籍，
这里，斯拉夫民族毋需为
沉重的原始罪孽考虑算计！

虽然含有敌意的命运
曾把我们拆散得四处离分，
但我们仍是一个统一的民族
仍是同一个母亲的儿子，
我们仍是亲爱的弟兄！
这就是人家憎恨我们的地方！
你们不会舍弃俄罗斯，
俄罗斯也不会舍弃你们！

让他们去担惊受怕吧，
整个斯拉夫人的家庭，
无论是仇敌还是朋友，
当着面第一次说出：自家人！
那可恶的怨恨的漫长锁链，
曾经纠缠着我们的回忆，
斯拉夫人的自觉意识，
像上天的惩罚，使他们惊悸！

在欧洲的土地上老早

就如此堂皇地传扬谎言，

而伪善的科学也老早

就把两重的真理杜撰：

对他们——是法律和平等，

对我们——是暴力和欺骗，

他们固守的自古以来的陈规，

就像是留给斯拉夫人的遗产。

时代一个个世纪地延续，

时至如今它还未消耗殆尽，

它还沉重地压在我们的头顶——

压在聚集在这里的我们的头顶……

而我们面临的整个时代

依旧因往日的伤痕而疼痛……

可科索沃的田野没有被毁坏，

而白山也并没有被人铲平[1]！

而我们之间——也不乏羞耻——

在斯拉夫人自己的阵营里，

---

1 科索沃的田野，1389 年 6 月 15 日塞尔维亚人与土耳其人的战争中的
战败地。白山，位于布拉格附近。

只有一个人不在他们的贬黜之列，

他并没有屈服于他们的宿敌，

他不论在何时，不论在何方，

对于自己人是进步的反动人物：

只有对于我们的犹大[1]，

他们才送上自己的亲吻。

失宠的世界的部落啊，

你何时才能成为一个民族？

你的不睦的苦难的时代，

何时才能够永远地结束？

统一的呼唤何时会响起？

分割我们的意念何时会消泯？……

我们以天意期待和相信——

这个日子和时刻将要来临……

这一对上帝的真理的信念

在我们胸中已不会死亡，

尽管在前面我们还会看到

---

1 犹大，原是《新约》中出卖耶稣的门徒。此处暗指波兰人。1867年的
   斯拉夫人的代表大会引发了各式各样的反对波兰人的示威。

428

许多牺牲和许多创伤……

它活着——最高的上帝，

它的法庭的力量并未衰减，

我们的皇上——解放者，

在为俄罗斯的命运发言……

1867 年

致斯拉夫人（二）[1]

"要把斯拉夫人逼向墙根"[2]

他们高叫，他们威胁：

"要把斯拉夫人逼向墙根！"

那好吧，假如他们没有

在自己的挑衅中沉陷！

是的，有一道很大的墙——

把你们逼向墙根那也不难。

可这对他们有什么好处？

1　此诗为奥地利境内遭歧视的斯拉夫人而作，原题名为"致奥地利的斯拉夫人"。

2　题辞原文为德文。此话出自当时奥地利外交大臣冯·贝斯特伯爵之口，意思是"要把斯拉夫人逼得走投无路"。

这一点真是令人费解。

那道墙强劲得令人害怕——
尽管它是用花岗石堆砌，
它老早就把这个地球的
第六大地区团团包围……[1]

它不止一次遭到攻打——
有些地方被揭下三块石头，
而被打碎脑门的勇士
最后只有退却、败走……

它还像以往一样矗立，
望着那些战斗的要塞：
它没有向谁威胁什么，
但每块石头记忆犹在。

那就让德国人用疯狂的
骚扰紧紧把你们压迫，

———————

1 第六大地区，此处似指欧洲。

把你们逼向它的炮眼——
看他们最后得到了什么!

无论盲目的敌人怎样发狂,
无论狂暴怎样威胁着你们——
故乡的墙不会把你们出卖,
它不会推开自己的亲人。

在你们面前它会让出道路,
那活着的围墙为了你们
会在你们和敌人之间耸立,
并且还会向着他们逼近。

                                    1867 年

"最后的时刻多么沉重"

最后的时刻多么沉重，
那致命的痛苦的倦意——
我们未必都能够体会，
可对心灵却更加可怕：
仿佛一切美好的回忆
都会在那儿消失绝迹。

1867 年

"应有的惩治得以实现"[1]

应有的惩治得以实现，

为千百年的深重的罪孽，

不要逃离、躲开打击——

上帝的真理是人所共见。

上帝的真理的惩罚公正无疑，

无论呼唤谁的帮助也是枉然，

审判结束……罗马教皇的

三重冠最后一次被鲜血浸染。

而你，它的无辜的代表者——

上帝拯救你，使你醒悟——

1　此诗因意大利加里波第爱国者与教皇政权的武装斗争事件而作。诗中的
　　"你"指罗马教皇庇护九世（1792—1878）。

向他祈祷，为你的白发

没有被溢出的鲜血玷污。

1867 年

"我又站在涅瓦河上"

我又站在涅瓦河上，
如同在以往的岁月里，
好像依旧是一个活人，
凝视着昏昏欲睡的河水。

蓝天中没有一丝星光，
白茫茫一片多么安谧，
只有在沉思的涅瓦河上，
洒满了那月亮的清辉。

这一切是我梦中所见，
还是真的看到的景象？
明月依旧，我和你原先
可曾在一起这样眺望？

1868 年

大　火 [1]

烟连着烟，铺天盖地，

烟的深渊，无边无际，

像可怕的浓密的乌云，

黑压压地笼罩着大地。

死寂了的灌木林躺卧着，

草在阴燃，没有火焰，

在天的尽头隐隐约约

露出一排被烧伤的云杉。

在惨不忍睹的大火的遗址，

已无火星，只有青烟缕缕，

1　此诗的创作与 1868 年彼得堡近郊森林和泥炭沼泽地大火有关。

大火，这主宰着一切的权威，
这凶残的杀戮者，它在哪里？

只是在暗地里，在个别地方，
它像一只红色的野兽在潜行，
当它偷偷地钻入丛林之间时，
掠起一串串活蹦乱跳的火星。

而当黑暗降临大地，
烟与黑暗一团混沌，
它便用戏弄逗乐的火苗，
把一切囊括进它的阵营。

人啊，你这束手无策的孩子，
沉默无语，两手低垂，
在凶残的自然力的面前，
你竟这样沮丧地呆呆站立。

1868 年

"天上隐现出白色的云朵"

天上隐现出白色的云朵，
在炽热中闪耀着光芒，
小河像一片银色的镜子，
静静地流淌，闪着光亮。

一刻比一刻更加炎热，
阴影向橡树林中躲藏，
从那发白的田野，
不时飘来蜂蜜的芳香。

岁月流逝，周而复始，
美妙的日子，轮回如常：
田野里透出热气，
小河闪亮、流淌。

1868 年

纪念 E.П.科瓦列夫斯基[1]

在我们祖国军队的行列里
又失去了一名勇敢的战士——
所有诚实的俄罗斯的心灵
又在悲叹这一惨重的损失。

这颗活着的灵魂，永远都
无法抑制住他自己的忠诚，
这无处不在的纯净的火焰，
在窒息的环境里燃得通明。

可他相信真理，从不含糊，
毕生都与庸俗不懈地斗争，

1　Е.П.科瓦列夫斯基（1811—1868），俄国作家、旅行家。

斗争着——一次都未屈服……
在罗斯他属于罕见的人物。

不只是在罗斯人们为他忧伤——
就是在异邦，他也受人珍视，
在那里，鲜血在凄惨地流淌，
人们以感激的泪水把他追思。

1868 年

致米哈依尔·彼得罗维奇·波戈金 [1]

我的诗篇的抄本不很雅观——
我都没看它一眼就赐予您，
我控制不了我无聊的懒散，
即使是在顺便中把它写成。

如今诗歌只能生存几个瞬间，
早晨出世，傍晚就会死亡……
那在忙些什么？慵懒的笔
刚刚才校对完自己的稿样。

1868 年

1　米哈依尔·彼得罗维奇·波戈金，诗人在莫斯科大学的同学。

"这俄罗斯志愿者的印章"

这俄罗斯志愿者的印章，
就像你们[1]所有人，先生们，
令人作呕——而不幸
就在于还没有呕吐出来。

1868 年

1　暗指当年的报刊检查官。

"您不是波兰人所生养" [1]

您不是波兰人所生养，

尽管您属于波兰的小贵族，

可您是俄罗斯人——您承认——

虽说只有三分之一的血统。

权势人家的一个奴仆，

您以怎样高尚的勇气

用自由的言论对所有的

压制言论的人进行抨击！

难怪您会用您的笔

为权势阶层效力尽忠——

---

1 此诗讽刺的对象系《消息报》编辑和出版人 В.Д. 斯卡里亚金。

以怎样的奴性去模仿

这样一种骑士作风?

1869 年

"不，我不能见到您……" [1]

"不，我不能见到您……" ——
我真的说过这样的话，
不是一回，而是一百次——
而您——却不愿相信。

有一点我的告密者错了——
如果他已经决定去告发，
那为什么还要打断我，
不让我讲完自己的话？

今天他又使我疲惫不已——
这个庸俗无耻的宝贝——

───────────

1　此诗因与戈尔恰科夫发生争执而作。

收起他逐字逐句还原
我的文章的古怪主意。

是的，我说过不止一次——
当时在场的还不止一人——
我们全都不能见到您——
全无那种深深的怜悯之心，

全无那种真诚神圣的感情，
整个罗斯都已习惯欣赏
自己一颗如此——能不承认
这一点吗——美好的星星。

1869 年

"基里尔字母绝世的伟大日子"[1]

基里尔字母绝世的伟大日子——

我们怀着多么真诚纯朴的感情，

对基里尔字母绝世一千周年

表示神圣的敬意和深深的追念？

用怎样的语言把这个日子描画，

它当年没有留下什么话，罗马，

当它与弟兄和朋友们告别之际，

它勉强地把自己的遗骸给了你……

经过一个个世纪和一代代人，

既满怀疑虑，又被它诱惑，

1　基里尔字母，古斯拉夫字母的一种，系俄文字母的基础，源于 9 世纪
　　斯拉夫启蒙运动者、创造斯拉夫字母者基里尔的姓。

我们，参与这项劳动的人们，
吃力地追寻它留下的犁沟。

我们也同它一样没能成功，
我们从它上面爬下，回忆起
它的神圣的语言，我们便发出感叹：
"伟大的俄罗斯，不要改变自己！

亲爱的故乡，不要相信别人
虚假的智慧或者无耻的欺骗，
像基里尔那样，你不要舍弃
为斯拉夫所作出的伟大贡献……"

1869 年

海涅的歌 [1]

如果死是黑夜，生是白昼，
啊，这花哨的白昼便把我拖累……
阴影在我的头上越来越浓黑，
我的头正向着梦魇低垂……

我疲惫不堪，屈就在它的面前……
透过无声的黑暗浮现出这般情景——
在某个地方，明亮的白昼在闪耀，
看不见的合唱队在高唱着爱情……

1869 年

1　此诗系对海涅《歌谣集》中的《还乡曲》一诗的自由移译。

一八六九年五月十一日

今天，我们为了共同的
节日又重新聚集在一起，
聆听福音书神圣简洁的教诲：
"城堡躲不过人们的视线，
矗立在那高高的山峰之巅。"[1]

但愿这一教诲对我们不是徒劳——
它是对我们的遗嘱，在这里我们
为这伟大的日子兄弟般地相互庆祝，
把我们的联盟置于这样的高度，
让所有人都看见它——所有的兄弟民族。

1869 年

1　此句引自《福音书》。

"彼得一世栽下的树木"

彼得一世栽下的树木，
在叶卡捷琳娜峡谷
枝叶繁茂，欣欣向荣——
愿今天在这里种下的
俄罗斯鲜活的语言，
也那样生长，扎根。

1869 年

致安德烈·尼古拉耶维奇·穆拉维耶夫 [1]

在高高的悬崖的顶端，

一座璀璨的空中殿堂 [2]

向上蜿蜒伸展——美妙绝伦——

它仿佛要向着天空飞翔。

在那儿，圣徒的保护人——

安德烈原先的十字架，

一直到今天还在基辅的

空中闪动着耀眼的光华。

你把自己的庙宇恭敬地

靠在他的脚边，而你——

并非无所事事的隐居者——

---

1 参见《A.H.M.》一诗注释。

2 指乌克兰基辅的安德烈大教堂。

就住在那儿，直到风烛残年。
如今，谁能够不深怀感动地
对你把生命和志向融于一体，
对你在奋斗之中表现出的
平静的坚毅表示深深的敬意？

是的，你经受过和克服过
许许多多的磨练和考验……
你生活着，从来都不炫耀
自己的善行和自己的功勋。
可是为了爱，为了教谕，
愿你能够确信这一真理，
具有积极作用的信念，
能发展为坚定的思想体系。

1869 年

"我们不能预测……"

我们不能预测，

我们的话会有什么反应——

给我们以同情，

就是给我们以幸福……

1869 年

两种力量

两种力量——两种不幸的力量，
它们无时不跟随在我们的身边，
从婴儿的摇篮一直到坟墓——
一种是死亡，另一种是人言。

它们都同样是不可抗拒，
也同样不把任何责任承担，
它们毫不留情，不容异见，
它们的判决使人哑口无言。

可死亡要更为诚实——不徇私情，
什么也不能把它伤害，打搅，
不论安详、温顺还是抱怨、不平，
它都一视同仁地挥动着大镰刀 [1]。

---

1 旧俄时期民间把死神描绘成一个手持大镰刀的骷髅。

456

人世间并非如此：争斗、众说纷纭——
嫉能妒贤的统治者——他不能容忍，
他不能把所有的麦子统统割掉，
而那好的麦穗常常被连根拔尽。

她痛苦——唉，双重的痛苦——
被那高傲的青春的力量所激励，
在众目睽睽之中，果敢地面对
不均衡的斗争，嘴上还带着笑意。

当她被那捍卫自己所有权力的
不幸意识所主宰，以美好的胆量，
毫不动摇而又鬼使神差地前行，
迎着那些扑面而来的诬蔑和诽谤。

她不用面纱把自己的前额遮挡，
不让自己的尊严遭到丝毫损伤，
从年轻的鬓发上，抖落掉威胁、
指责和辱骂，像抖落尘埃一样——

是的，她痛苦——心地越纯朴，

罪孽似乎也越加深重难当……
人世已是如此：越是惨无人道，
罪孽也越加真诚、越加善良。

1869 年

在乡村 [1]

为什么它们在绝望地呼喊、
不住地吵闹，拍打着翅膀？
是谁如此不合时宜地掀起
这样疯狂而又野蛮的合唱？
小河中的鹅群鸭群突然间
野性大发，四处乱飞乱撞，
它们自己也不知飞向何处，
一只只傻乎乎地乱叫乱嚷。

所有这些狂乱的叫唤吵闹，
其中充满突如其来的惊悸！
这是一个有四条腿的魔鬼，

1　此诗系诗人根据在故乡所见的一个生活场景而作，但其中不无社会性
的讽喻。

不是狗，却披着一张狗皮，
一个自以为是的无耻之徒，
为了寻求开心而突发暴戾，
扰乱鹅群鸭群安详的平静，
四处对它们进行追截堵围。

为了达到欺压凌辱的目的，
它仿佛在把鹅鸭紧紧尾随，
它居然也抖擞自己的精神，
奋力向着那空中盘旋高飞。
这一举动之中有什么意义？
为什么它要如此竭尽全力？
为什么它要用这样的飞腾
把鹅群和鸭群震慑和刺激？

是的，这里面有它的目的！
懒散群体之中有血液淤积，
为了向前就需要立起身体，
施行那致命的突发的袭击。
于是，那至善至美的上帝，
解开胡作非为之徒的锁链，
要使鹅鸭至死都不会忘记

自己那对生死攸关的翅翼。

如今这样一些现象的意义
有时候竟是如此混乱不清——
可有那么一个当代的天才，
总是试图对这些加以阐明。
有的人说，有时狗的狂吠，
实在是在履行崇高的使命——
它是在思索理解并且发挥
鹅群和鸭群的意义和功能。

1869 年

"大自然——这个斯芬克斯" [1]

大自然——这个斯芬克斯，
总爱用自己的考验把人折磨，
也许，从开天辟地的时候起，
它胸中什么谜语都不曾有过。

1869 年

1　斯芬克斯，希腊神话中的狮身人面怪物，它专用谜语来难人。

当代事件 [1]

博斯普鲁斯海峡两岸
旗帜飘扬，礼炮轰响，
天空明净，大海闪光，
帝王之城 [2] 在欢呼歌唱。

难怪它今天欢呼歌唱，
那些温和善良的国王，
今天欢快地举起酒杯，
站在那迷人的海岸上。

它用自己的美酒佳肴，
款待亲爱的西方朋友，

1　此诗写于 1869 年 10 月中旬。当时土耳其举行庆典，隆重庆祝苏伊士
　　运河竣工。诗中所写的就是这一事件。
2　指土耳其的君士坦丁堡。

为了他们，它在挥霍
自己祖国的全部财富。

从那个遥远的法兰西 [1]，
从那充满智慧的土地，
他们全都来到了这里，
玩赏他们预言的胜利。

炮声如雷，乐声震耳，
全欧洲都在这里歇息，
为了自己的狂欢佳节，
各路兵马都在此聚集。

在一片狂呼乱叫之中，
西方世界在开怀豪饮，
而那隐秘的东方后宫，
此刻已经敞开了大门。

这里豪华的地理框架，
像把奇山和两海怀抱 [2]，

---

1 法国参加了苏伊士运河的开凿，故有此说。
2 似指黑海、马尔马拉海及附近群山。

公爵们的基督徒会议，

正高声谈论伊斯兰教。

他们的问候没完没了，

又像兄弟般热烈拥抱，

啊，明星的光芒四照，

西欧的群星在此闪耀……

这里一颗星十分耀眼，

比所有星星明亮美丽[1]，

已经加冕的菲亚[2]仙子——

罗马的女儿，他的妻[3]。

一出声名狼藉的闹剧，

精致优雅，花样百出，

像古代埃及女王[4]第二，

在宾客之中引人注目。

---

1 指法国皇后、拿破仑三世之妻尤盖尼娅。

2 菲亚，西欧神话中的仙女。

3 罗马的女儿，意即天主教徒。他，指拿破仑三世。

4 原文为克莉奥帕特拉，古埃及女王，她在世时曾完成了苏伊士运河的
   开凿，但后来运河被淤泥阻塞。

她出现在东方的土地，
到处欢欣，没有恶意，
人们都在她面前鞠躬，
一轮太阳从西方升起！

可在幽灵游荡的别处，
在那山谷，在那山冈，
这些吵嚷，这些欢呼，
绝不会传到那些地方——

可在幽灵游荡的别处，
在那里从清晨到黑夜，
成千上万的基督教徒，
慢慢淌尽他们的鲜血……

1869 年

致阿芭查 [1]

您的歌声是这样和谐优美，
对于灵魂有着无上的权威，
一切活着的人都会喜爱
您那忧郁而亲切的语汇。

它里面有什么在呻吟、跳动，
好像被镣铐禁锢的灵魂
要不由自主地冲脱出来，
高声地倾诉着它的隐情。

不知是完全沉入了您的歌声，
还是我们自己在浮想联翩，

1　尤莉娅·费陀洛芙娜·阿芭查系当时著名的歌唱家和音乐家，曾和法
　　国的古诺、匈牙利的李斯特等大师一道创建俄国音乐协会。

在那儿充满一种解脱，而最后，
不是被征服，就是思绪万千……

摆脱沉闷不堪的山谷，
挣脱一切缠绕的锁链，
被解放了的自由的灵魂
纵情无羁地跳跃、欢腾……

您那无所不能的吟哦呼唤
驱走了黑暗，送来了光明，
而我们是无声地用心灵来感受，
在那里面我们听见了您的心声。

1869 年

"不论别离怎样折磨我们"

不论别离怎样折磨我们，
我们从没有向它屈服——
还有别的痛苦比别离
更为深重、更难忍受。

别离的时刻已经过去，
我们已学会把它控制，
只是有块纱帘隔断我们，
让我们的目光有些迷离。

我们知道，在这烟幕后面，
心灵为之疼痛的一切，
竟是那样奇异而又隐秘，
它躲避我们——默默无言。

这种考验的目的何在？

心灵不由得感到困惑不宁，

尽管它不愿意这样，

但总摆脱不了怀疑的阴影。

别离的时刻已经过去，

祝愿你一路平安，

可我们不敢扯下纱帘，

它是多么令人可憎！

1869 年

"快乐和痛苦……"[1]

快乐和痛苦在真正的享受中并存，
思想和心灵在永恒的焦虑里共在，
天上欢腾无限，尘世苦海无边，
　　一是极乐，
　　一为极哀，
只有在爱情中才有生命的幸福。

1870 年

1　此诗译自歌德的《哀格蒙特》一剧中的片断。

471

篝火中的胡斯 [1]

篝火已经架好，注定不幸的
火焰就要升起。一切都在沉默——
只听得见轻轻的噼啪声，
火苗突然间在底层窜出。

浓烟缭绕——人群越来越密。
这就是所有人——整个黑暗世界：
被压迫的人们和压迫人的人们，
谎言和暴力，骑士和僧侣。

这里有背信弃义的帝王，
有一大群帝国和教会的首脑，

1　扬·胡斯（1369—1415），捷克伟大的爱国者和宗教改革家，后被教
　　会按天主教教规处以火刑。

还有他本人，得意于自己的
罪恶的绝对正确的罗马主教。

这里还有他——一个普通的长老，
从那个时候起，他就没有忘记过
怎样受洗礼，叹息着，把一捆木柴
投入篝火，像投入一份绵薄的捐助。

在篝火中，如同一件牺牲品，
出现一位伟大的遵守教规者，
火光已经把他团团包围，
他祈祷着——声音没有颤抖……

捷克人民的神圣的导师，
耶稣基督的勇敢的见证，
罗马谎言的无情揭露者，
以自己高尚的纯朴精神——

不背弃上帝，也不背弃人民，
他斗争不息，无法遏止住自己——
为上帝的真理，为真理的自由，
为罗马称之为荒谬的一切东西。

他的灵魂已升天——他的情谊
还留在这里，还留在同伴中间，
他熠熠闪光，以自己的血
为他们捍卫了神圣的净水。

捷克的大地啊！同根的种族！
不要把自己的思想遗产抛弃！
啊，要完成自己精神的功勋，
要去争取兄弟的统一的胜利！

摆脱痴信宗教的罗马的锁链，
它老早就使你痛苦不堪，
在胡斯的不灭的篝火上，
熔化掉锁链的最后一环。

1870 年

К.Б.[1]

我遇见了您——旧日的一切
又在我已衰颓的心中苏醒，
我忆起那金色的时光，
心儿又变得这样温存……

仿佛是在那晚秋时令，
几天，抑或是短短的一瞬；
当春日里和风吹过，
是什么使我们的心儿颤动——

于是，一切都在我心中浮动，
那些岁月，充满着挚诚，

---

1 К.Б.，即克留杰涅尔男爵夫人。

怀着那早已忘却的狂喜，
我望着你那温柔的面容……

好像是在长久的别离之后，
我望着你，莫不是在梦中——
可声音越来越清晰了，
那在我是不会忘怀的声音……

这已经不是一种回忆，
生命又开始倾诉衷情，
您身上的魅力仍在，
我心中的爱情犹存！

1870 年

"在俄罗斯昔日的维尔纽斯上空"

在俄罗斯昔日的维尔纽斯上空，
祖国的十字架在微微闪光——
东正教的叮当作响的钟声
在它的高天之上传扬飘荡。

漫长的时间的考验已经过去，
被遗忘的往事曾是多么可怕——
甚至荒废已久的卑鄙行径，
在这里也开出天堂的百合花。

自古以来的传统复活了
最初的美好岁月的神圣，
只是在不久以前的年月，
这里的一片阴影才散尽[1]。

———————
1 指 1863 年的波兰起义。

有的时候从这个地方
还会出现那不安的幻影，
面对着人们普遍的觉醒，
它还会惊扰活人的安宁。

那时月亮会从天上隐去，
在寒冷的早晨的薄雾中，
沿着那正在苏醒的大地，
还游荡着那么一个幽灵。

1870 年

两种统一 [1]

从盛满上帝的愤怒的酒杯中，

血溢了出来，西欧沉没在血泊里，

血涌向你们，我们的朋友和弟兄——

斯拉夫的世界，联合得更加紧密……

"统一"，我们时代的先知者宣告：

"或许只有用铁和血才能达到……"

但是我们将要用爱来统一——

那样我们看到的统一会更为牢靠……

1870 年

1　在此诗中，诗人把以爱为基础的斯拉夫的统一与俾斯麦的扩张侵略的
　　"统一"相对照。"我们时代的先知者"指俾斯麦，他素有"铁血宰
　　相"之称，1870 年，他发动了侵法战争。

致普列特涅娃 [1]

不论生活给我们何种教益，

但心儿总信仰神圣的东西：

它拥有不会枯竭的力量，

它拥有不朽的美。

尘世间的凋谢和枯萎，

触及不到那非人间的花朵，

而正午的暑气和热浪，

也不能烤干它上面的露珠。

这一信念不会欺骗

依赖它而生活的人：

---

1 普列特涅娃，普希金的友人，俄国诗人和批评家普列特涅夫的第二位
  妻子。

这里没有凋零和繁荣，
这里没有死亡和新生！

可拥有这信念的人不多，
凭着它可以把美好接近，
谁在严峻的生活的考验中，
像您这样能爱能承受苦痛——

而且还用自己的痛苦
去医治好别人的不幸，
谁能够像您这样为朋友
献出心灵，直到最终。

1870 年

致戈尔恰科夫公爵 [1]

是的，您实现了自己的诺言，

未花一个卢布，也未动用大炮，

我们俄罗斯祖国的河山，

又重新把自己的权力得到。

已经遗交给我们的大海，

把短暂的奇耻大辱忘怀，

重又以自己自由的波涛，

亲吻着自己祖国的海岸。

我们时代的幸运的人，

不用血，用智慧赢得胜券，

1　此诗反映了丘特切夫的外交思想。1870 年 10 月 19 日，戈尔恰科夫公
　爵代表俄外交部发表声明，不承认 1856 年《巴黎条约》的有关规定，
　从而使俄国重新取得对黑海的主权。

幸运的人啊，您善于找寻
阿基米德的那个支点。

谁要是富于耐心和朝气，
把勇敢和谨慎融于一体，
谁就能够实现自己的意志，
谁就能不失时机地建立功绩。

可难道不会遇到反抗？
你的强大力量又是怎样
征服那聪明人的顽强
以及那糊涂人的鲁莽？

1870 年

"准时到达……" [1]

准时到达，一路平安但疲惫不堪，

今天我就告别了我那白色的帽子，

可是我和你们分手时没戴……

        问题就出在帽子……

                1870 年

1　此诗系诗人由莫斯科发给家中妻子的一封报平安的电报。诗中的"帽子"在俄语中有双关的意味，即还有类似"出了问题"的意思。

"遵从最高的命令"[1]

遵从最高的命令，
充当"思想"的卫兵，
尽管手握枪支，
却不好斗寻事。

掌握武器，并非本意，
坚持哨所，很少唬人，
宁愿不当"囚禁"，
但要受人"尊敬"。

1870 年

---

1 此诗写在当时俄国外文书刊检查委员会委员普拉东·亚历山大洛维
奇·瓦卡尔（1820—1899）的纪念册上。丘特切夫当时系该委员会主席。

"伴我多年的兄长"

伴我多年的兄长，

你去了，朝我们都要去的地方，

如今我在光秃的山头上

独自站立，四周一片空空荡荡。

在这里独自站立了多长时间？

年复一年——仍将是空虚一片，

如今我望着这茫茫的黑夜，

四周的一切，我自己无法分辨……

一切都消失殆尽，连痕迹都没有！

有我还是无我——哪儿又会需要什么？

一切都将如此——暴风雪依然这样悲号，

依然是这样的黑暗，笼罩着草原的四周。

日子剩下不多，用不着去算计，

蓬勃焕发的生命早已完结，

前头已经没有了路，而我已

站在那注定的不幸的跟前。

1870 年

"我迷迷糊糊地听见这样的音响"

我迷迷糊糊地听见这样的音响——
这样的配合我真的不能够想象:
雪橇的滑铁在雪地里吱吱作声,
可是燕子也在欢快地啾啾歌唱。

1871 年

488

黑　海 [1]

从那时起过去了十五年，

此间经历了一系列事件，

可信念没有把我们欺骗——

塞瓦斯托波尔最后一次

轰鸣之声我们终于听见。

这是最后一次严厉的打击，

它振奋精神，突然轰隆一响。

在严酷的斗争中，现在

只要说出最后的一句话，

这就是俄罗斯皇帝的话。

1　此诗的写作与下述历史背景相关：克里米亚战争后俄罗斯按照《巴黎
　　条约》被禁止拥有黑海舰队和要塞，经过长期的外交斗争，这一条款
　　于 1870 年被否决。

盲目的敌人在不久前

所建立起来的一切，

曾这样放肆，这样专横，

可它掌握的一切全都

落空了，在诚实的面前。

于是，**自由的元素——**

我们亲爱的诗人所说过的——

你像以往一样喧响不息，

滚动着蔚蓝色的波涛，

闪耀着庄严的美丽！[1]

西方的暴力曾经把你

劫持了整整十五个年头，

你没有屈服，没有泄气，

钟声已响——暴力已崩溃：

它像钥匙一样落入海底。

你的波涛重又呼唤着

亲爱的罗斯，按照上帝的

———————

1 此节诗中黑体的诗句出自普希金的《大海》。

490

裁决，回归到祖国的决定，
你把伟大的塞瓦斯托波尔
从中了魔法的梦中唤醒。

你在激战的恶劣天气中，
曾把它小心地藏进自己
充满着同情的怀抱里，
如今你向我们完好地献出——
我们的不朽的黑海舰队。

是的，在俄罗斯人民心中
这一天将是多么神圣——
它是我们外部自由的象征，
它把彼得罗巴甫洛夫拱顶
阴暗的帐幔照得透亮通明……

1871 年

"这里，曾经有过沸腾的生命"

这里，曾经有过沸腾的生命，

这里，血曾像河水一样流淌，

可到如今这里还剩下什么？

只能见到两三座坟岗……

几棵槲树在它们上面矗立，

显赫的枝叶，宽大的手臂，

无所事事，招人耳目，喧闹不息，

它们的根掘起了谁的遗骸、谁的回忆？

大自然一点儿也不知道以往，

全不察我们那幻影一般的时光，

在它面前，我们模糊地意识到，

我们自己——只是它的幻象。

它用吞没一切、使人安宁的深渊

把它自己所有的孩子们——

那些做着徒劳功勋的孩子们

一视同仁、逐次轮流地迎接。

1871 年

"狭隘的反对者的敌人"[1]

狭隘的反对者的敌人，

永远和时代同步前进：

在人中他是一个俄罗斯人，

在科学中他是一个人。

1871 年

---

1 此诗初次发表时标题为"М.П. 波戈金民事和学术活动五十周年纪念"。

"这里，是一个完整的多彩的世界"[1]

这里，是一个完整的多彩的世界，
它有迷人的声音，迷人的梦幻——
这个世界啊，是如此年轻而美丽——
　　它抵得上一千个世界。

1872 年

1　此诗题在 Я.K. 济比娜（1845—1923）的诗歌练习册上。

"要是我躺在我的坟墓里"[1]

要是我躺在我的坟墓里,

就像我现在躺在我的沙发床上,

时代一个接着一个地飞逝而去,

我能永远静静地倾听您的声响。

1872 年

1　此诗为 E.K. 波格丹诺娃（1823—1900）而作。

"东正教的神圣的日子"[1]

东正教的神圣的日子,

这伟大的神圣的日子,

它祈祷的钟声传遍四方,

它给整个俄罗斯披上盛装!

它的召唤并不只在

神圣罗斯的疆域传扬:

但愿整个世界都能听见,

但愿它飞越到异国他乡。

它以自己悠远的波浪

充溢于那边的一个山谷,

1　此诗为诗人因患肺病死于德国巴伐利亚的女儿 M.Φ.丘特切娃
　　（1840—1872）而作。

在那儿，我亲爱的孩子，
正在和凶恶的病魔搏斗——

那是一个明亮的地方，
命运把她放逐到那里，
那儿，南国天空的气息，
便是她唯一饮用的药水……

啊，让病人快快痊愈吧，
让她的心田充满快乐，
愿在基督复活的日子，
生命在她身上完全复活……

1872 年

"惩罚人的上帝……"

惩罚人的上帝在我这儿夺走了一切:

　　　健康、意志力、梦和空气,

为了还能够向他祈祷,

　　　他在我身边只留下了你[1]。

　　　　　　　　　　　　1873 年

1　此处你指诗人的妻子。

意大利的春天

香气馥郁，天空明朗，
春天在二月间就潜入花园，
扁桃花瞬息之间就已怒放，
翠绿中便注满了它的洁白。

1873 年

不眠之夜

在夜间，在城市的僻静处，
有时会有令人伤心的时刻，
每当黑夜降临到整座城市，
黑暗就潜入到每一个角落，
万籁俱静，月亮升起来了，
在月色中夜是一片灰蓝，
只有远方几座教堂的金顶，
像兽嘴直对着警醒的眼睛。
这时，我们的心便常常
像弃婴一样哭泣、苦痛，
它绝望地呼喊生命和爱情，
可它的哭泣和祈祷是徒劳的：
它的周围是一片黑暗和冷清！

可怜的声音顶多再延长片刻，

便开始变弱，最后消失殆尽。

1873 年

丘特切夫生活和创作年表

1803年

11月23日：费奥多尔·伊凡诺维奇·丘特切夫出生于俄罗斯奥廖尔省勃梁斯基县奥甫斯土格村。

1812年

年底：当时著名的诗人和翻译家C.E.拉依奇被聘为丘特切夫的家庭教师。

1813年—1814年

开始练习写诗。

1818年

2月22日：俄罗斯语言爱好者协会的集会上朗诵了丘特切夫的诗作《一八一六年新年献辞》。

3月30日：被选为俄罗斯语言爱好者协会准会员。

1819年

8月中旬：《俄罗斯语言爱好者协会作品集》收入丘特切夫根据贺拉斯的诗歌改译的《贺拉斯寄语文艺保护神》。

11月6日：进入莫斯科大学语文系学习。

1821年

11月23日：大学毕业，获语文学副博士学位。

1822年

2月21日：进外交部任职。

5月13日：被列入俄驻德国慕尼黑外交使团的编外人员。

6月11日：出国。

1825年

夏天至12月底：回国，在莫斯科和彼得堡度假。

1826年

2月21日：与艾列昂诺拉·彼得逊结婚。

1827年

去巴黎旅行。

1828年

2月至7月：结识德国诗人海涅。

4月17日：被委任为俄驻慕尼黑外交使团二等秘书。本年开始与德国哲学家谢林交往。

1830年

5月底至10月初：与家人一起在彼得堡度假。

1833年

8月底：出差希腊。

1836年

10月至12月：在普希金主编的《现代人》杂志上发表《寄自德国的诗》。

1837年

5月至8月初：与家人一起在彼得堡度假。

8月3日：被委任为俄驻意大利都灵外交使团一等秘书。

8月7日：离开彼得堡赴新职。

1838年

7月22日：被委任为俄驻都灵外交使团代办。

8月28日：妻子艾列昂诺拉·丘特切娃在都灵去世。

1839年

7月17日：第二次结婚，娶爱尔涅斯蒂娜·乔恩贝尔克为妻。

10月1日：被免去一等秘书职务。

1841年

6月30日：因"长期度假不返职"被解除外交官职务。

8月：赴布拉格。结识捷克学者和作家冈卡。

1843年

7月至9月初：回到俄罗斯（莫斯科和彼得堡）。

1844年

6月至7月：用法文写作的小册子《俄国和德国》（即《致古斯塔夫·科里布的一封信》）在慕尼黑出版。

9月底：全家迁居彼得堡。

1845年

3月16日：重新进外交部机关任职。

5月底至7月：在莫斯科逗留。

1846年

2月15日：被任命为国家最高文官部门的特别官员。

8月8日至9月12日：在故乡奥甫斯土格逗留。

1847年

6月底至9月：去德国和法国。

1848年

2月1日：被任命为外交部特别办公室高级官员。

1849年

4月至5月：在巴黎出版用法文写作的受1848年法国革命影响的小册子《俄国和革命》。

5月19日：经莫斯科去奥甫斯土格度夏。

1850年

1月：《现代人》杂志第一期刊载涅克拉索夫的文章《俄罗斯的二流诗人》，对丘特切夫的诗歌创作作了全面的肯定。法国的《世界杂志》刊出丘特切夫的文章《罗马教廷与罗马问题》。

7月：与杰尼西耶娃的"最后的爱情"开始。

1851年

6月至7月中旬：在莫斯科。

1852年

6月底：在奥廖尔。

12月31日：从彼得堡到奥甫斯土格。

1853年

1月底：从奥甫斯土格回彼得堡。

6月：去德国和法国。

9月9日：返回彼得堡。

1854年

3月：《丘特切夫诗选》作为《现代人》杂志第三期的副刊出版。同年出版了单行本。

4月：《现代人》杂志第四期刊载屠格涅夫的文章《略谈丘特切夫的诗》。

11月底至12月初：在莫斯科。

1855年

8月初：去莫斯科。

8月中旬：在奥甫斯土格。

9月3日：从奥甫斯土格抵莫斯科。

9月15日：返回彼得堡。

1856年

8月底至9月：在莫斯科。

9月底：返回彼得堡。

1857年

8月4日至6日：去奥甫斯土格。

8月底：在莫斯科。

10月29日：被选为俄罗斯科学院语文学部通讯院士。

11月：用法文编写完成官方公文《关于俄国检查制度的一封信》。

1858年

4月17日：被任命为外文书刊检查委员会主席。

8月底：在莫斯科。

1859年

1月21日：被选为俄罗斯语言爱好者协会正式成员。

2月：《俄罗斯的话》第二期刊出费特的文章《论丘特切夫的诗》。

4月底：在莫斯科。

1860年

6月20日：去德国、瑞士和法国。

11月底：返回彼得堡。

1861年

6月2日至12日：在莫斯科。

本年：《丘特切夫诗选》的德文版出版。

1862年

5月25日：去德国和瑞士。

8月15日：返回彼得堡。

9月初：赴诺甫戈罗德参加俄罗斯建国一千周年庆典。

10月14日至23日：在莫斯科。

1863年

6月中旬至8月初：在莫斯科。

1864年

6月中旬：在莫斯科。

7月4日：返回彼得堡。

8月4日：杰尼西耶娃死于彼得堡。

8月20日左右：去德国、瑞士和法国。

1865年

3月25日：从国外回彼得堡。

7月24日：从彼得堡经莫斯科到奥甫斯土格。

8月6日至28日：在奥甫斯土格。

1866年

1月：在莫斯科参加女儿安娜·费多罗芙娜与作家阿克萨科夫的婚礼。

1867年

7月底至8月初：在莫斯科。

1868年

3月：《丘特切夫诗集》第二版出版。

8月中旬至8月31日：在莫斯科。

1869年

4月29日：在莫斯科参加儿子伊万·费多罗维奇与普吉雅塔的婚礼。

春天至夏天：去莫斯科、库尔斯克、基辅、奥甫斯土格。

1870年

7月至8月：去德国和奥地利。

9月7日至12日：在奥甫斯土格。

12月9日至11日：在莫斯科参加兄长的葬礼。

1871年

6月上半月：在莫斯科。

8月14日至20日：在奥甫斯土格。

1873年

1月1日：患上重病。

5月19日：移居皇村。

5月：《俄罗斯档案》杂志刊载丘特切夫于1857年用法文编写的《关于俄国检查制度的一封信》。

7月15日：在皇村病逝。

7月18日：遗体葬于彼得堡新处女公墓。

图书在版编目(CIP)数据

丘特切夫诗全集/(俄罗斯)丘特切夫著;朱宪生
译. —上海:上海人民出版社,2020
ISBN 978 - 7 - 208 - 16658 - 5

Ⅰ.①丘… Ⅱ.①丘… ②朱… Ⅲ.①诗集-俄罗斯
-近代 Ⅳ.①I512.24

中国版本图书馆 CIP 数据核字(2020)第 158327 号

责任编辑 王笑潇
封面设计 周伟伟

丘特切夫诗全集

[俄]丘特切夫 著 朱宪生 译

出　　版　上海人民出版社
　　　　　(200001 上海福建中路 193 号)
发　　行　上海人民出版社发行中心
印　　刷　常熟市新骅印刷有限公司
开　　本　850×1168 1/32
印　　张　18
插　　页　6
字　　数　317,000
版　　次　2020 年 11 月第 1 版
印　　次　2020 年 11 月第 1 次印刷
ISBN 978 - 7 - 208 - 16658 - 5/I·1913
定　　价　88.00 元